# 肖复兴

肖复兴 著

## 聪明是一张漂亮的糖纸

图书在版编目(CIP)数据

肖复兴：聪明是一张漂亮的糖纸 / 肖复兴著. — 杭州：浙江文艺出版社，2024.4
ISBN 978-7-5339-7485-5

Ⅰ.①肖… Ⅱ.①肖… Ⅲ.①散文集—中国—当代 Ⅳ.①I267

中国国家版本馆CIP数据核字(2024)第020453号

| 统　　筹 | 王晓乐 | 封面设计 | 广　岛 |
| --- | --- | --- | --- |
| 责任编辑 | 丁　辉 | 封面插画 | Stano |
| 责任校对 | 唐　娇 | 营销编辑 | 张恩惠 |
| 责任印制 | 张丽敏 | 数字编辑 | 姜梦冉　诸婧琦 |

## 肖复兴：聪明是一张漂亮的糖纸

肖复兴 著

| 出版发行 | 浙江文艺出版社 |
| --- | --- |
| 地　　址 | 杭州市体育场路347号 |
| 邮　　编 | 310006 |
| 电　　话 | 0571-85176953（总编办）<br>0571-85152727（市场部） |
| 制　　版 | 杭州天一图文制作有限公司 |
| 印　　刷 | 杭州丰源印刷有限公司 |
| 开　　本 | 880毫米×1230毫米　1/32 |
| 字　　数 | 128千字 |
| 印　　张 | 7.625 |
| 插　　页 | 1 |
| 版　　次 | 2024年4月第1版 |
| 印　　次 | 2024年4月第1次印刷 |
| 书　　号 | ISBN 978-7-5339-7485-5 |
| 定　　价 | 39.80元 |

版权所有　侵权必究

# 出版说明

自五四新文化运动以来,中国文学面目一新。在中西方文化的碰撞与融合中,小说、诗歌、戏剧等文学形式完成蜕变与新生,而散文以其自由自在的天性,踵事增华,其成果蔚为大观。

郁达夫认为,较之古代的"文",现代中国散文有三点特异之处,即"'个人'的发见""内容范围的扩大""人性,社会性,与大自然的调和"(《中国新文学大系·散文二集·导言》)。散文家们兼收并蓄,将万事万物融于一心,"以我手写我口",取径不同,或叙事、抒情、议论,或写人、描景、状物;风格各异,或蕴藉、洗练、飞扬,或磅礴、绮丽、缜密。就应用而言,以学识、阅历、心境为核心的小品文,以小见大,言近旨远,张扬个人性情;以观察、讽刺、同情为底色的杂文,见微知著,刚柔相济,召唤战斗精神……种种流派,非止一端。

为了给当代读者提供一套选目得当、编校精良的散文选本,我们推出"名家散文"系列,从灿若星辰的中国现代散文家中遴选出一批作者，精选其散文创作中的经典作品，结集成册，以飨读者，或可视作对百年现代中国散文的一次阶段性回顾与总结。我们相信，尽管这些作品产生的背景千差万别，但其呈现的智识与感性、追求与希冀，是跨越时空而能与读者共鸣的。我们也相信，经典之所以为经典，因其经得起时间的汰洗，这里的文章，初读，是迎面撞上万千世界，吉光片羽，亦足珍惜；再读，则是与无数智者的重逢，向内发现自己，向外发现众生。

文学的历史同时也是一部语言文字的历史，而汉语的标准化也随着时间的推移不断地演变、更新。五四白话文运动以来，文学语言流动而多变，呈现出丰富和复杂的样貌。文字、词汇、语法的繁芜丛杂背后，是思想文化的多元与活跃，也是作家不同审美取向和个人风格的展现。因此，我们在编辑过程中尽量尊重文章原刊或初版时的面貌，使读者能够感受到语言的时代特色，比如"的""地""底"共存的现象。同时，考虑到读者尤其是学生的阅读需求，我们按当下的规范做了有限度的修订。

编辑出版工作中难免存在不足之处，热忱欢迎广大读者批评指正。

浙江文艺出版社

# 目　录

## 青木瓜之味

003　花边饺

006　荔枝

010　苦瓜

013　酸菜

016　无花果

021　青木瓜之味

026　喝得很慢的土豆汤

033　太阳味道的西红柿

037　母亲的月饼

040　赛什腾的月亮

**窗前的母亲**

047　窗前的母亲

051　春节写给母亲的信

055　生命不仅属于自己

058　温暖的劈柴

061　清明忆

065　娘的四扇屏

070　姐姐

081　冷湖之春

091　拥你入睡

095　聪明是一张漂亮的糖纸

101　搬家记

**被雨打湿的杜甫**

115　麦秸垛和豆秸垛

120　北大荒的教育诗

124 被雨打湿的杜甫

129 礼花三章

135 借书记

140 颠簸的记忆

148 夜晚，泰戈尔来到荒原

152 阳光的三种用法

156 那片绿绿的爬山虎

161 面包房

169 费城浪漫曲

174 芝加哥奇遇

## 生命的平衡

181 宽容是一种爱

184 大自然的情感

189 小满时节

193 自行车咏叹调

202 小溪巴赫

207 亲笔信

212 街上连狗的目光都变了

216 苹果寓言

222 生命的平衡

226 年轻时去远方漂泊

231 寂寞不是一个漂亮的标签

# 青木瓜之味

鲜亮的颜色总是漆在眼前或即将发生的事情上,而不在如烟的往事上。

# 花边饺

小时候，包饺子是我家的一桩大事。那时候，家里生活拮据，吃饺子当然只能等到年节。平常的日子，破天荒包上一顿饺子，自然就成了全家的节日。这时候，妈妈威风凛凛，最为得意，一手和面，一手调馅，馅调得又香又绵，面和得软硬适度，最后盆手两净，不沾一星面粉。然后，妈妈指挥爸爸、弟弟和我，看火的看火，擀皮的擀皮，送皮的送皮，颇似沙场点兵。

一般，妈妈总要包两种馅的饺子，一种肉，一种素。这时候，圆圆的盖帘上分两头码上不同馅的饺子，像是两军对垒，隔着楚河汉界。我和弟弟常捣乱，把饺子弄混，但妈妈不生气，用手指捅捅我和弟弟的脑瓜儿说："来，妈教你们包花边饺!"我和弟弟好奇地看妈妈在包了的饺子边沿儿上用手轻轻一捏,捏出一圈穗状的花边,煞是好看,像小姑娘头上戴了一圈花环。我们却不知道妈妈耍了一个小小的花招儿,她把肉馅的饺子都捏上花边,让我和弟弟连吃带玩地吞进肚里,她自己和爸爸却吃那些素馅的饺子。

那段艰苦的岁月里,妈妈的花边饺,给了我们难忘的记忆。但是,这些记忆,都是长到自己做了父亲的时候,才开始清晰起来,仿佛它一直沉睡着,必须让我们用经历的代价才可以把它唤醒。

自从我能写几本书以后,家里的经济状况好转,饺子不再是什么奢侈餐。想起那些个辛酸和我不懂事的日子,想起妈妈自父亲去世后独自一人艰难度日的情景,我想,起码不能再让妈妈吃得受委屈了。我曾拉妈妈到外面的餐馆开开洋荤,她连连摇头:"妈老了,腿脚不利索,懒得下楼啦!"我曾在菜市场买来新鲜的鱼肉或时令蔬菜,回到家里自己做,妈妈并不那么爱吃,只是尝几口便放下筷子。我便笑妈妈:"您呀,真是享不了福!"

后来,我明白了,尽管世上食品名目繁多,人的胃口花样翻新,妈妈却雷打不动只爱吃饺子。那是她老人家几十年一贯的历久常新的最佳食谱。我知道唯一的方法是常包饺子。每逢我买回肉馅,妈妈看出要包饺子了,立刻麻利地系上围裙，先去和面，再去调馅，绝对不让别人插手。那精神气儿，又回到我们小时候。

那一年大年初二，全家又包饺子。我要给妈妈一个意外的惊喜，因为这一天是她老人家的生日。我包了一个带糖馅的饺子，放进盖帘上一圈圈饺子之中，然后对妈妈说："今儿您要吃着这个带糖馅的饺子，您一准儿是大吉大利！"

妈妈连连摇头笑着说："这么一大堆饺子，我哪会那么巧能有福气吃到？"说着，她亲自把饺子下进锅里。饺子如一尾尾小银鱼在翻滚的水花中上下翻腾，充满生趣。望着妈妈昏花的老眼，我看出来她是想吃到那个糖饺子呢！

热腾腾的饺子盛上盘，端上桌，我往妈妈的碟中先拨上三个饺子。第二个饺子妈妈就咬着了糖馅，惊喜地叫了起来："哟！我真的吃到了！"我说："要不怎么说您有福气呢？"妈妈的眼睛笑得眯成了一条缝。

其实，妈妈的眼睛实在是太昏花了。她不知道我耍了一个小小的花招，用糖馅包了一个有记号的花边饺。

那曾是她老人家教我包过的花边饺。

# 荔　枝

　　我第一次吃荔枝，是二十八岁的时候。那时，我刚从北大荒回到北京，家中只有孤零零的老母。站在荔枝摊前，脚挪不动步。那时，北京很少见到这种南国水果，时令一过，不消几日，再想买就买不到了。想想活到二十八岁，居然没有尝过荔枝的滋味，再想想母亲快七十岁的人了，也从来没有吃过荔枝呢，虽然一斤要好几元，挺贵的，咬咬牙，还是掏出钱买上了一斤。那时，我刚在郊区谋上中学老师的职，衣袋里正好有当月四十二元半的工资，硬邦邦的，鼓起几分胆气。我想，让母亲尝尝鲜，她一定会高兴的。

　　回到家，还没容我从书包里掏出荔枝，母亲先端出一盘沙果。这是一种比海棠大不了多少的小果子，居然每个都长着疤，有的还烂了皮。只是让母亲一一剜去了烂疤，洗得干干净净，每个沙果都显得晶光透亮，沾着晶莹的水珠，果皮上红的纹络显得格外清晰。不知老人家洗了几遍才洗成这般模样。我知道这一定是母亲买的处理水果，每斤顶多五分钱或者一角钱。居家过日子，老人就这样一辈子过来了。不知怎么搞的，我一时竟不敢掏出荔枝，生怕母亲骂我大手大脚，毕竟这是那一年里我买的最昂贵的东西了。

　　我拿了一个沙果塞进嘴里，连声说真好吃，又明知故问多少钱一斤，然后不住地说真便宜——其实，母亲知道那是我在安慰她而已，但这样的把戏依然每次都让她高兴。趁着她高兴的劲儿，我掏出荔枝："妈！今儿我给您也买了好东西。"母亲一见荔枝，脸立刻沉了下来："你财主了怎么着？这么贵的东西，你……"我打断母亲的话："这么贵的东西，不兴咱们尝尝鲜？"母亲扑哧一声笑了，筋脉突兀的手不停地抚摸着荔枝，然后用小拇指甲划破荔枝皮，小心翼翼地剥开皮又不让皮掉下，手心托着荔枝，像是托着一只刚刚啄破蛋壳的小鸡，那样爱怜地望着舍不得吞下，嘴里不住地对我说："你说它是怎么长的？怎么红皮里就长着这么白的肉？"毕竟是第一次吃，毕竟是好吃，母亲竟像孩子一样高兴。

那一晚，正巧有位老师带着几个学生突然到我家做客，望着桌上这两盘水果有些奇怪。也是，一盘沙果伤痕累累，一盘荔枝玲珑剔透，对比过于鲜明。说实话，自尊心与虚荣心齐头并进，我觉得自己仿佛是那盘丑小鸭般的沙果，真恨不得变戏法一样把它一下子变走。母亲端上茶来，笑吟吟地顺手把沙果端走，那般不经意，然后回过头对客人说："快尝尝荔枝吧！"说得那般自然、妥帖。

母亲很喜欢吃荔枝，但是她舍不得吃，每次都把大个儿的荔枝给我吃。以后每年的夏天，不管荔枝多贵，我总要买上一两斤，让母亲尝尝鲜。荔枝成了我家一年一度的保留节目，一直延续到三年前母亲去世。

母亲去世前是夏天，正赶上荔枝刚上市。我买了好多新鲜的荔枝，皮薄核小，鲜红的皮一剥掉，白中泛青的肉蒙着一层细细的水珠，仿佛跑了多远的路，累得张着一张张汗津津的小脸。是啊，它们整整跑了一年的长路，才又和我们阔别重逢。我感到慰藉的是，母亲临终前一天还吃到了水灵灵的荔枝，我一直认为是天意，是母亲善良忠厚一生的报偿。如果荔枝晚几天上市，我迟几天才买，那该是何等的遗憾，会让我产生多少无法弥补的痛楚。

其实，我错了。自从家里添了小孙子，母亲便把原来给儿子的爱分给孙子了一部分。我忽略了身旁小馋猫的存在，他再不用熬到二十八岁才能尝到荔枝，他还不懂得什么叫珍贵，什么叫舍不得，只知道想吃便张开嘴巴。母亲去世很久，我才知道母亲临终前一直舍不得吃一颗荔枝，都给了她心爱的馋嘴的小孙子吃了。

而今，荔枝依旧年年红。

# 苦　瓜

　　原来我家有个小院，院里可以种些花草和蔬菜。这些活儿，都是母亲特别喜欢做的。把那些花草蔬菜侍弄得姹紫嫣红，像是给自己的儿女收拾得眉清目秀，招人注目，母亲的心里很舒坦。

　　那时，母亲每年都特别喜欢种苦瓜。其实这么说并不准确，是我特别喜欢苦瓜。刚开始，是我从别人家里要来苦瓜籽，给母亲种，并对她说："这玩意儿特别好玩，皮是绿的，里面的瓤和籽是红的！"我之所以喜欢苦瓜，最初的原因是它里面的瓤和籽格外吸引我。苦瓜结在架上，母亲一直不摘，就让它们那么老着，一直挂到秋风起时，越老，它们里面的瓤和籽越红，红得像玛瑙，像热血，像燃烧了一天的落日。当我掰开苦瓜，兴奋地将这两片像船一样而盛满了鲜红欲滴的瓤和籽的瓜举起时，母亲总要眯缝起昏花的老眼看着，露出和我一样喜出望外的神情，仿佛那是她的杰作，是她才能给予我的欧·亨利式的意外结尾，让我看到苦瓜最终具有了这一朝阳般的血红和辉煌。

以后，我发现苦瓜做菜其实很好吃。无论做汤，还是炒肉，都有一种清苦味。那苦味，格外别致，既不会"传染"给肉或别的菜，又有一种苦中蕴含的清香和苦味淡去后的清新。

像喜欢院子里母亲种的苦瓜一样，我喜欢上了苦瓜这一道菜。每年夏天，母亲经常都会从小院里摘下沾着露珠的鲜嫩苦瓜，给我炒一盘苦瓜青椒肉丝。它成了我家夏日饭桌上一道经久不衰的家常菜。

自从这之后，再见不到苦瓜瓤和籽鲜红欲滴的时候，因为再等不到那个时候了。

这样的菜，一直吃到我们离开了小院，搬进了楼房。住进楼房，依然爱吃这样的菜，只是再吃不到母亲亲手种、亲手摘的苦瓜了，只能吃母亲亲手炒的苦瓜了。

一直吃到母亲六年前去世。

如今，依然爱吃这样的菜，只是母亲再也不能为我亲手到厨房去将青嫩的苦瓜切成丝，再颠起炒锅亲手将它炒熟，端上自家的餐桌了。

因为常吃苦瓜，便常想起母亲。其实，母亲并不爱吃苦瓜。除了头几次，在我一再怂恿下，勉强动了几筷子，便皱起眉头，不再问津。母亲实在忍受不了那股异样的苦味。她说过，苦瓜还是留着看红瓤红籽好。可是，每年夏天当苦瓜爬满架时，她依然为我清炒一盘我特别喜欢吃的苦瓜青椒肉丝。

最近，看了一则介绍苦瓜的短文，上面有这样一段文字："苦瓜味苦，但它从不把苦味传给其他食物。用苦瓜炒肉、焖肉、炖肉，其肉丝毫不沾苦味，故而人们美其名曰，'君子菜'。"

不知怎么搞的，看完这段话，我想起了母亲。

# 酸　菜

又到了冬天，又到了吃酸菜的时候了。

如今吃酸菜，只能到副食品店里去买，每袋一元八角，是那种经过快速发酵的"科技"产品。方便倒是方便了，而且颜色白白的，清清爽爽，只是觉得味道怎么也赶不上母亲渍过的酸菜。也曾经到私人那里买过人工渍过的酸菜，质量更是没有保证。还曾经到专门经营东北风味菜肴的饭店买过酸菜炒粉或酸菜汆白肉，过细的加工，倒吃不出酸菜的原汁原味了。

渍酸菜，的确是一门学问。每年到了冬天，大白菜上市以后，母亲都要买好多大白菜储存起来。一般，母亲都是把颗大、包心的好菜用废报纸包好，再用破棉被盖好，剩下那些没心或散心、帮子多又大的次菜，用来渍酸菜。酸菜的出身比较贫贱，和母亲及那些居家过日子的普通妇女一样。

我家有个酱红色的小缸，是母亲专门用来渍酸菜的。那缸的年龄几乎和我的年龄不相上下，因为打我记事时起，母亲就用它来渍酸菜。每年母亲渍酸菜，是把它当成大事来办的，因为几乎全家一冬的酸菜熬肉或酸菜粉丝汤或酸菜馅饺子，都指着它了。母亲先要把缸里里外外擦得干干净净，然后烧一锅滚开的水，把一棵白菜一刀切开四瓣，扔进锅里一渍，捞将出来，等它凉后码放在缸里，一层一层撒上盐，再浇上一圈花椒水。这些先后的顺序是不能变的，而且绝对不让人插手帮忙。最后，在缸口包上一层纸，不能包塑料布或别的什么，母亲说，那样不透气，酸菜和人一样，也得喘匀了气才行，渍出来才好吃。

那时候，我只关心吃，不操心别的，不知道母亲到底渍酸菜要渍多少时候，便没有把母亲这门学问学到手。只记得不到时候，母亲是不允许别人动她这个宝贝缸的。当她的酸菜渍好了，她会亲手为全家做一盆酸菜熬肉或酸菜粉丝汤，看着我和弟弟狼吞虎咽，吃得香喷喷，满脸的皱纹便绽开如一朵金丝菊。对于母亲，渍酸菜是变废为宝，是把菜帮子变成了上得了席面的一道好吃的菜，是用有限的钱过无限的日子，并把这日子尽量过得有滋有味。那时候，是母亲的节日。

母亲渍的酸菜伴我度过整个童年、青年，甚至大半个壮年时期。自从母亲在那年夏天突然去世，我吃的酸菜只有到副食品店里去买了。

母亲渍的酸菜确实好吃，不像现在买的酸菜，不是不酸，就是太酸，不是硬得嚼不动，就是绵得没嚼头。其实，酸菜不是什么上等的名菜，母亲渍酸菜的技术是年轻时在老家闹饥荒时学来的，她好多次说起，那时候渍的酸菜是什么呀，净是捡来的烂菜帮……像现在的孩子不爱听父母讲过去的陈芝麻烂谷子一样，那时我也不爱听。母亲去世之后，我自己也曾经学着渍过酸菜，但那味道总不地道。我知道，艰苦时学到的学问是刻进骨髓的，平常的日子里只能学到皮毛。

如今，我只有到副食品店里去买酸菜了。如今，只有母亲渍过大半辈子酸菜的缸还在。

# 无花果

在我们大院里,景家爱侍弄一些花花草草。有一年春天,景家的孩子送来一盆植物,我不认识是什么,只见花盆挺大的,那植物长得有半人多高,铺铺展展的大叶子,挺招人的。

景家屋前有一道宽敞的廊檐,他们家的花花草草,大盆小盆,都摆在廊檐下面,一年四季,除了冬天,花开花落不间断。他们家的廊檐下,简直就成了一道花廊,常常招惹蜜蜂蝴蝶在那里飞舞。

唯独这盆新来的植物不开花。我想,它可能不像桃花在春天开花。可是,都快过了夏天,它还是不开花,就像一个人咬紧嘴唇就是不说话一样。我想,它可能像菊花一样,得到秋天才开花吧?这个想法,遭到我们大院九子的嘲笑。九子比我大一岁半,高一个年级,那时候,暑假过后,他就要读四年级了,自以为比我懂得多,远远地指着景家这盆植物,对我说:"知道吗?这叫无花果!不开花,只结果!"

无花果,我听说过,却是第一次见到。果然,暑假过后,景家的这盆无花果,在叶子间像藏着好多小精灵一样,开始结出了小小的圆嘟嘟的青果子,一颗颗地蹦了出来。

景家原来是做小买卖的人家,有两个孩子,都各自成家,一个在外地,一个在北京,偶尔过来看看,景家只住着老两口,这些花花草草,就是老两口的伴儿,每天侍弄它们,给老两口找来很多的乐儿。

景家无花果的果子越长越大,颜色由青变得有些发紫的时候,九子找到我,远远地指着景家廊檐下的无花果,问我:"你吃过无花果吗?"我摇摇头,然后问他:"你吃过吗?"他也摇摇头。那时候,住在我们大院里的,大都是穷孩子,像我,以前见都没见过无花果,这是稀罕物,谁能有福气吃过呢?

"你敢不敢,跟着我一起去景家摘几个无花果吃?"九子这样问我。我睁大了眼睛,刚说:"这不成偷了吗?我妈该⋯⋯"他立刻就打断我的话:"就知道你不敢!胆子小得

017

像耗子！"说罢转身就跑走了。

第二天，在大院门口，我见到九子，他很得意地对我说："可好吃了！可惜，你没有尝到，那味道，怎么说呢？特甜，还特别的软，里面还有籽儿，特别有嚼劲儿，有股说不出的香味！"说心里话，说得我的心里怪痒痒的，馋虫一下子被逗了出来。"后悔了吧？让你昨天跟我一起摘，你不去！"九子说着风凉话。

晚上，九子来我家，把我叫出屋，说："我还是真的又想无花果的味儿了，真的好吃，敢不敢跟我去景家？跟你说，天黑，他们根本看不见咱们！"

要说小时候真的是馋，神不知，鬼不觉，我跟着九子溜到景家屋前。窗子里的灯光幽暗，廊檐下更是黑乎乎一片，偷偷摘下几颗无花果，真的是谁也发觉不了。可是，我和九子猫着腰在廊檐下转了一圈，没有看见那盆无花果。我心里想，肯定是昨天九子没少偷摘，让景家老两口发现了，把无花果搬进屋里了。

果然，九子趴在门口，伸手招呼我，我走过去一看，无花果真的搬进了屋里，正在景家外屋的客厅的地上。九子轻轻地对我说了句："门没锁，你给我看着点儿，我溜进去，给你摘两个无花果就出来。"说完，他把门推开一条缝儿，像狸猫一样钻了进去，不知道碰到什么东西了，就听

"哗啦"一声，惊动了景家老两口，拉亮了电灯，我和九子，一个在门内，一个在门外，灰溜溜地出现在景家老两口惊讶的目光之下。那天晚上，我和九子的屁股都各自挨了家长的一顿鞋底子。

在以后好几年的时间里，我几乎都忘记了无花果。一直到"文化大革命"爆发之后，秋天，我到南方大串联回来，九子找到我，递给我几个乒乓球一样大小的圆嘟嘟的青中带紫的果子，对我说："知道这是什么吗？"我认出来了，是无花果，问他："哪儿弄来的？"他得意地说："甭问哪儿弄来的，是特意给你留的，尝尝吧！"我一口气吃了两口，里面是有籽儿，但特别的小，哪里像他说的那么香，还特别有嚼劲儿？那时，我才知道，其实，九子和我一样，小时候也没吃过无花果，一直到这时候才第一次吃这玩意儿。

我不知道的是，就在我去南方大串联的时候，九子跟着一帮红卫兵抄了景家的家。真的有些匪夷所思，他去抄景家的家，就是为了吃人家的无花果。

那天半夜里，我闹肚子，上吐下泻，没有办法，我爸把我送到医院看急诊。大夫问我："白天吃什么东西了？"我说："没吃什么呀！"再一想，是吃了无花果。

不知道为什么，从那以后，我只要一吃无花果，一准闹肚子。有一年，已经是过去了三十多年以后的事了，在新疆库车的集市上，看到卖无花果的，那无花果又大又甜，禁不住诱惑，吃了两个，夜里就开始上吐下泻，而且发起烧来。

后来，读美国植物学家迈克尔·波伦所著的《植物的欲望》一书。我惊讶地看到他说，植物与我们人类有一种亲密互惠关系，我们人自己也是植物物种的设计和欲望的对应物。这实在是大自然的神奇，也是命运对于人类惩戒的象征。

从此以后，我再也不敢吃无花果。

2015年7月2日写于北京

# 青木瓜之味

大约是四年前初春的一个星期天下午，我去邮局发信。邮局离我家不远，过了马路，走两三分钟就到。就要到邮局的时候，一个年轻的女子和我擦肩而过。忽然，她停住脚步，回头看了我一眼。那一眼的眼神很亲切，也有些意外的惊奇，仿佛认出了一个熟人而与之邂逅。那眼神闹得我以为真的碰见了什么认识的人，便也禁不住停住脚步，看了她一眼：年龄不大，也就二十出头，模样清爽，中等身材，瘦削削的。看她的装扮，初春时节还穿着一件臃肿的棉衣，就猜得出是一个外地人，大概是打工妹。我仔细地想了想，从来没有见过这么个人，她肯定是认错了人。于是，我笑着自己的自作多情，向邮局走去。

我走了没几步,她从后面跑了过来,跑到我的面前,这让我很吃惊,不知她到底是什么人。只听见她用南方人那种绵软的声音仔细而小心翼翼地问我:"你是不是肖复兴老师?"我越发惊讶,她居然叫出了我的名字!我木讷地站在那里,近乎机械地点了点头。

她一下子显得很兴奋,接着说:"刚才你迎面向我走来,我看着你就像。我读中学的时候就看过你写的书,你和书上的照片很像。真没有想到怎么这么巧,今天在这里遇见了你!"

原来是一位读者,大概她这番热情的话,很能够满足我的虚荣心,尤其是听她说她喜欢我写的一些东西,特别是说她读中学的时候我写的东西对她有帮助,一直忘不了……我就像小学生爱听表扬似的,立刻有些发晕,找不着北了,站在街头和她聊了起来,一任身边车水马龙喧嚣。

从她那话语中,我渐渐地听明白了,从小在南方农村长大,中学毕业,她没有考上大学,家里生活困难,就跟着乡亲来到了北京打工,住的地方离我家不算太远,要走半个小时左右。今天星期天休息,她刚刚是到邮局给家里寄钱,并发了一封平安家信。虽是萍水相逢,只是些家常话,却让我感到她像是在掏心窝子,一下子竟有些感动,没有想到只是写了一些平常的东西,竟能够让心拉近,距离缩短，心里想，也应该说是如今没什么用处的文学的一点特殊功能吧。于是，我进一步犯晕，沿着斜坡继续顺溜地下滑，不知对她的热情如何回报似的，竟然指着马路对面我家住的楼对她说："我家就住在那里，你有空，欢迎你到我家做客。"说着把地址写给了她。她高兴地说："太好了，我一定去！"

回到家后，我就把这件意外相逢的事情当作喜帖子向家里的人讲了，不想立刻遭到全家兜头一盆冷水，纷纷说我："你以为你遇到了知遇知心呢？别是个骗子吧？""可不是，现在骗子可多着呢，你可别忘了狐狸说几句赞扬的话，是为了骗乌鸦嘴里的肉。""什么？你还把咱家的地址告诉了人家？你傻不傻呀？你就等着人家上门找到你头上来骗你吧！""要真是找上门来，骗几个钱倒没什么，可别出别的事！"……

一下子，说得我发蒙。一再回忆街头和那个年轻女子的相遇和交谈，不像是个狐狸似的骗子呀，再说，她肯定是读过我写的书，要不也说不出书名，并且能够对照着书上的照片认出我来呀。但家里人说得也没有错，谁也不会把"骗子"两字写在脑门上，高明的骗子现在越来越多，防不胜防。这么一想，心里连连后悔，而且不禁有些发虚，嘲笑自己如此可笑，禁不住两碗迷魂汤一灌，就如此轻信上当，真是百无一用是书生。一连多天，都有些提心吊胆，怕房门真的被敲响，开门一看，是这个年轻的女子登门拜访，后果不可收拾，不堪设想。

好在一连好多天过去了，都平安无事。

时间一长，这件事情渐渐淡忘了。偶尔提起，被家人当作笑话嘲笑我一番。我心里想，即使不是骗子，也只是街头的一次巧遇或萍水相逢，别再犯傻了，被人家两句过年话一说就信以为真。即使人家不骗你，没准还怕你骗人家呢。

将近一年过去了，春节过后，我们全家从天津孩子的姥姥家过完年回家，刚上电梯，开电梯的老太太对我说："你先等我一会儿，前两天有人来找你，你没在家，把带来的东西放在我这里了。"开电梯的老太太是个热心人，住在楼里的人要是不在家，来人送的信件报纸或其他的东西，都放在她这里。她家就住在楼下，不一会儿，就拿来一包用旧报纸包着的东西。回家打开包一看，是两个青青的木瓜。木瓜的旁边有一张小纸条，上面写着两行小字，大概意思是：你还记得吗，我就是那天在邮局前和你相遇的人，我一直想来看你，工作太忙了，一直没有时间。我过年回家带给你两个木瓜，是我家自己种的，只是一点心意。祝你写出更多更好的作品！下面没有写下她的名字，只是写着:"一个你的读者"。

全家都愣在那里,谁都说不出一句话来。

我永远也不会忘记这个年轻而真诚的女子,不会忘记这件事情,不会忘记这两个木瓜。总记得切开木瓜时的样子,别看皮那样的青,里面却是红红的,格外鲜艳,特别是那独有的清香味道,在房间里飘溢着,好多天没有散去。

2004年元旦试笔于北京

## 喝得很慢的土豆汤

那天下午两点多,我和妻子路过北京大学,因为还没有吃午饭,忽然想起儿子曾经特意带我们去过的一家朝鲜小馆就在附近,离北京大学的西门不远,一拐弯儿就到,便进了这家朝鲜小馆。

大概由于早过了饭点,小馆里没有一个客人,空荡荡的,只有风扇寂寞地呼呼吹着。一个服务员——是个胖乎乎的小姑娘——走了过来,把我们领到靠窗的风扇前的座位,说这里凉快,然后递过菜谱问我们吃点儿什么。我想起上次儿子带我们来,点了一个土豆汤,非常好吃,很浓的汤,却很润滑细腻,微辣中有一种特殊的清香味儿,湿润的艾草似的撩人胃口。不过已经过去了两个多月的时间,我忘记是用鸡块炖的，还是用牛肉炖的了，便对妻子嘀咕："你还记得吗？"妻子也忘记了。儿子在北京大学读书的时候，常常和同学到这家小馆里吃饭。由于是二十四小时营业，价格及其朝鲜风味又都特别对他们的口味，这家小馆非常受他们的欢迎，儿子对这里的菜当然比我们要熟悉。大学毕业，儿子去美国读研，放假回来，和同学聚会，总还要跑到这里，点他们最爱吃的菜。可惜，儿子假期已满，又回美国接着读书去了，天远地远，没法子问他了。

没有想到，小姑娘这时对我们说道："上次你们是不是和你们的儿子一起来的，就坐在里面那个位子？"她说着一口比赵本山还浓郁的东北话，用胖乎乎的小手指了指里面靠墙的位子。

我和妻子都惊住了。她居然记得这样清楚，那时，我们和儿子确实就坐在那里。我更没有想到的是，她接着用一种很肯定的口吻对我们说："那次你们要的是鸡块炖土豆汤。"

这样的肯定，让我打心底里相信了她，不过，还是开玩笑地对她说："你就这么肯定？"

她笑了："没错，你们要的就是鸡块炖土豆汤。"

我也笑了："那就要鸡块炖土豆汤。"

她望望我和妻子，像考试成绩不错得到了赞扬似的，高声向后厨报着菜名:"鸡块炖土豆汤!"高兴地风摆柳枝般走去了。

刚才和小姑娘的对话,让我和妻子在那一瞬间都想起了儿子。思念,变得一下子那么近,近得可触可摸,就在只隔几排座位的那个位子上,走过去,一伸手,就能够抓到。两个多月前,儿子要离开我们回美国读书的时候,特意带我们到这家小馆,让我们尝尝他和他的同学们的青春滋味。那一次,他特别向我们推荐了这个鸡块炖土豆汤,他说他和他的同学们都特别爱喝,每次来都点这个土豆汤,让我们一定要尝尝。因为儿子临行前的时间安排得很满,我和妻子知道,那一次,也是他和我们的告别宴。所以,那一次的土豆汤,我们喝得格外慢,边聊边喝,临行密密缝一般,彼此嘱咐着,诉说着没完没了的话,一直从中午喝到了黄昏,一锅汤让服务员续了几次,又热了几次。许多的味道,浓浓的,都搅拌在那土豆汤里了。

不过,事情已经过去了两个多月,我都忘记了到底喝的是什么土豆汤了,这个胖乎乎的小姑娘居然还能够如此清楚地记得我们喝的是鸡块炖土豆汤,而且记得我们坐的具体位置,真让我有些奇怪。小馆二十四小时营业,一直热闹非常,来来往往那么多的客人,点那么多不同品种的菜和汤,她怎么就能够一下子记住了我们,而且准确无误地判断出那就是我们的儿子,同时记住了我们要的是什么样的土豆汤?这确实让我好奇,百思不解。

汤上来了,鸡块炖土豆汤,浓浓的,热气缭绕,清香味扑鼻,抿了一小口,两个多月前的味道和情景立刻又回到了眼前,熟悉而亲切,仿佛儿子就坐在面前。

"是吧,是这个土豆汤吧?"小姑娘望着我,笑着问我。

"是,就是这个汤。"

然后,我问小姑娘:"你怎么记得我们当初要的是这个汤?"

她笑笑,望望我们,没有说话,转身走去。

那一天下午的土豆汤,我们喝得很慢。

结完账,临走的时候,小姑娘早早地等候在门口,为我们撩起珠子穿成的门帘,向我们道了声再见。我心里的谜团没有解开,刚才一边喝着汤一边还在琢磨,小姑娘怎么就能够那么清楚地记得我们和儿子那次到这里来吃饭坐的位置和要的土豆汤?总觉得一定是有原因的。那么,是什么原因呢?是因为那一次我们的土豆汤喝得太慢,麻烦她来回热了好几次,让她记住了?还是因为来这家小馆的大多是附近年轻的大学生,一下子出现我们这样大年纪的客人,显得格外扎眼?我不太甘心,出门前再一次问她:"小姑娘,你怎么就能记住我们要的是鸡块炖土豆汤呢?"

029

她还是那样抿着嘴微微地笑着，没有回答。

我只好夸奖她："你真是好记性！"

一路上，我和妻子都一直嘀咕着关于这个小姑娘和对我们来说有些奇怪的土豆汤。星期天，和儿子通电话时，我对他讲起了这件事，他也非常好奇，一个劲儿直问我："这太有意思了，你没问问她到底是怎么回事吗？"我告诉他："我问了，小姑娘光是笑，不回答我为什么呀。"

被人记住，总是一件让人高兴的事，不过，对于我们一家三口，这确实是一个谜。也许，人生本来就有许多解不开的谜，让生活充满着迷离的想象，让人和人之间有着神奇的交流，让庸常的日子有了温馨的念想和悬念。

又过去了好几个月，树叶都渐渐地黄了，天都渐渐地冷了。那天下午，还是两点多钟，我去中关村办事，那家小馆、那个小姑娘和那锅鸡块炖土豆汤，立刻又从沉睡中苏醒过来似的，闯进我的心头。离着不远，干吗不去那里再喝一喝鸡块炖土豆汤？便一拐弯儿，又进了那家小馆。

因为不是饭点儿，小馆里依然很清静，不过，里面已经有了客人，一男一女正面对面坐着吃饭，蒸腾的热气弥漫在他们的头顶。见我进门，一个小伙子迎上前来，让我坐下，递给我菜谱。我正奇怪，服务员怎么换成男的，那个小姑娘哪里去了？扭头看见了那一对面对面坐在那里吃饭的人，其中的那个女的，就是那个胖乎乎的小姑娘，对面坐着的是一个年龄四五十岁的男人，看那模样长得和小姑娘很像，不用说，一定是她的父亲。她也看见了我，向我笑笑，算是打了招呼。

我要的还是鸡块炖土豆汤。因为炖汤要有一些时间，我走过去和小姑娘聊天，看见他们父女俩要的也是鸡块炖土豆汤。我笑了，她也笑了，那笑中含有的意思，只有我们两人明白，她的父亲看着有些蹊跷。

我问："这位是你父亲？"

她点点头，有些兴奋地说："刚刚从我老家来。我都和我爸爸好几年没有见了。"

"想你爸爸了？"

她笑了，她的父亲也很憨厚地笑着，望望我，又望望女儿。

难得的父女相见，我想象得出，一定是女儿跑到北京打工好几年了，终于有了父女见面的机会，是难得的。我不想打搅他们，走回自己的座位，要了一瓶啤酒，静静地等我的土豆汤。我的心里充满着感动，我忽然明白了，这个小姑娘当初为什么一下子就记住了我们和儿子，记住了我们要的土豆汤。人同此情，情同此理，没有比亲人之间分别的思念和相逢的欢欣，更能够让人感动和难忘的了。

亲情，在那一刻流淌着，洇湿了所有的时间和空间的距离。

　　土豆汤上来了，抬头一看，我没有想到，是小姑娘为我端上来的。我还没有责怪她怎么不陪父亲，她已经看出了我的意思，先对我说："我们店里的人手少，老板让我和我爸爸一起吃饭，已经很不错了。"和上次她像个扎嘴的葫芦大不一样，小姑娘的话明显地多了起来。说罢，她转身走去，走到她父亲的旁边，从袅娜的背影，也能看出她的快乐。

　　那一个下午，我的土豆汤喝得很慢。我看见，小姑娘和她的爸爸那一锅土豆汤喝得也很慢。

　　　　　　　　　　2004年9月15日写于北京雨中

# 太阳味道的西红柿

日子过去得非常快，一旦成了历史，事情便很容易褪色。鲜亮的颜色总是漆在眼前或即将发生的事情上，而不在如烟的往事上。

在北大荒插队，秋天是最美的，瓜园里有吃不完的西瓜和香瓜，让我们解开裤带敞开地吃。但过了秋天，在漫长的冬季和春季里，别说水果，就是蔬菜都很难见到了。我们要一直熬到夏天到来，才能再次尝到鲜，第一个鲜亮亮地跑到我们面前的就是西红柿。在北大荒，我们是把西红柿当成宝贵水果吃的。想想，一冬一春没有见过水果，突然见到这样鲜红鲜红的西红柿，当然会有一种见到阔别多日的朋友（甚至是女朋友）的感觉。蠢蠢欲动是难免的，往往等不到西红柿完全熟透，我们就会在夜里溜进菜园，借着月光，从架上拣个大的西红柿摘，跑回宿舍偷偷地吃（如果能蘸白糖吃，比任何水果都要美味）。

那时候，我最爱到食堂去帮伙，原因之一就是可以去菜园摘菜。北大荒的菜园很大，品种很多，最好看的还得属西红柿，其余的菜都是趴在地上的，比如南瓜、白菜、萝卜，长在架子上的菜，总有一种高人一等的昂昂乎的劲头。不过，西红柿要熟的时候，架上的扁豆还没有熟，而北大荒的黄瓜五短身材难看死了，只有西红柿，那时候最为醒目。刚熟的，红扑扑的，圆乎乎的，样子就耐看；没有熟的，青青的，没吃进嘴里先酸了；半熟不熟的，粉嘟嘟的，含羞带啼般，像刚来的女知青似的羞涩；熟透的，从里到外红透了，坠得架子直弯直晃，像是村里那些小娘儿们般的妖冶……

离开北大荒好久了，还是总能想起那里的西红柿，尤其是那种皮是红的切开来里面的肉是粉的，我们管它叫作面瓢的西红柿，有种难得的味道，不仅仅是甜是酸，也不仅仅是清新是汁水丰厚，真的是其他水果没有的味道。吃着这种西红柿，躺在一望无边的麦地里，或是躺在场院高高的囤尖上，是最美不过的了。我们会吃完一个扔一个，直至吃得肚子鼓鼓的再也吃不下去。那西红柿被晒得热乎乎的，总有一种太阳的味道。

　　回北京这么长时间了，总觉得北京的西红柿不好吃，酸、汁水少，没有北大荒面瓢的那种。特别是冬天在大棚里靠人造温度长大的西红柿，味道就更差了。而在国外有一种转基因的西红柿，样子很好看，价钱也便宜，但一点儿营养也没有，更是无法吃了。

　　想起我母亲还在世的时候，有一年的春天种了一株丝瓜、一株苦瓜，还种了一棵西红柿。从小在农村长大的母亲，对于种菜很在行，夏天，这几种玩意儿全活了，长势不错，只是西红柿长不大，就那样青青的，愣在架上萎缩了，最后只剩下一个终于长大了，渐渐地变红了。我告诉母亲别摘它，就那么让它长着，看个鲜儿吧。夏天快要过去了，整天晒在那里，它快要蔫了。母亲舍不得看着它蔫下去烂掉，从困苦中熬出来，一辈子总是心疼粮食蔬菜，最后还是把它摘了下来，在母亲的手里，西红柿虽然蔫了，却依然红红的，格外闪亮。那一天，母亲用它做了一碗西红柿鸡蛋汤。说老实话，我没吃出什么味儿来。

　　唯一吃西红柿鸡蛋汤吃出味道的，是弟弟的一位从青海来的朋友请我到王府井的萃华楼吃饭。那时他们在青海三线工厂工作，比我们插队的有钱。我是第一次到这样堂皇的饭店来吃饭，是冬天，是在北大荒没有水果没有蔬菜的季节，这位朋友点菜时说，得要碗汤吧，于是要了这个西红柿鸡蛋汤。那是一碗只有几片西红柿的鸡蛋汤，但那汤做得确实好喝，西红柿有一种难得的清新。蛋花打得极好，奶黄色的云一样漂在汤中，薄薄的西红柿片，几乎透明，像是几抹淡淡的胭脂，显得那样高雅。我真的再也没有喝过那样好喝的西红柿鸡蛋汤了，也许，是离开北大荒太久了。

## 母亲的月饼

中国的节日一般都是和吃联系在一起的，这和中国传统的节气相关，每一个节日都是和节气呼应着的，便每一个节日都有一个和节气相关联的吃食做主角。又快到中秋节了，主角当然是月饼，只可惜近两年来，南京冠生园的黑心月饼和豪华包装的天价月饼相继登场，让中秋节跟着吃瓜落儿。

记得我小时候每到中秋节是特别羡慕店里卖的自来红、自来白、翻毛、提浆，那时就只是这样的老几样传统月饼，哪里像如今又是水果馅又是海鲜馅，居然还有什么人参馅，花脸一样百变、时尚起来。可那时中秋的月饼在北京城里绝对地道，做工地道，包装也地道，装在油篓或纸匣子里，顶上面再包一张红纸，简朴，却透着喜兴，旧时有竹枝词写道："红白翻毛制造精，中秋送礼遍都城。"

只是那时家里穷，买不起月饼，年年中秋节，都是母亲自己做月饼。说老实话，她老人家做的月饼不仅远远赶不上致美斋或稻香村的味道，就连我家门口小店里的月饼的味道也赶不上。但母亲做月饼总是能够给全家带来快乐，节日的气氛，就是这样从母亲开始着手做月饼弥漫开来的。

母亲先剥好了瓜子、花生和核桃仁，掺上桂花和用擀面棍擀碎的冰糖渣儿，撒上青丝红丝，再浇上香油，拌上点儿湿面粉，切成一小方块一小方块的，便是月饼馅了。然后，母亲用香油和面，用擀面棍擀成圆圆的小薄饼，包上馅，再在中间点上小红点儿，就开始上锅煎了。怕饼厚煎不熟，母亲总是用擀面棍把饼擀得很薄，我总觉得，这样薄，不是和一般的馅饼一样了吗？而店里卖的月饼，都是厚厚的，就像京戏里武生或老生脚底下踩着厚厚的高底靴，那才叫角儿，那才叫作月饼嘛。

每次和母亲争，母亲都会说："那是店里的月饼，这是咱家的月饼。"这样简单的解释怎么能够说服我呢？便总觉得没有外面店里卖的月饼好吃，嘴里吃着母亲做的月饼，心里还是惦记着外面店里卖的月饼，总觉得外面的月亮比自己家里的圆，这山望着那山高。其实，母亲亲手做的月饼，是外面绝对买不到的。当然，明白这一点，是在我长大以后，小时候，孩子都是不太懂事的。

好多年前，母亲还在世的时候，中秋节时，我别出心裁请母亲动手再做月饼给全家吃，其实，是为了给儿子吃。那时，儿子刚刚上小学，为了让他尝尝以往艰辛日子的味道，别一天到晚吃凉不管酸，多年不自己做月饼的母亲来了劲儿，开始兴致勃勃地做馅、和面、点红点儿，上锅煎饼，一个人拳打脚踢，满屋子香飘四溢。月饼做好了，儿子咬了两口就扔下了。他还是愿意到外面去买商店里的月饼吃，特别爱吃双黄莲蓉月饼。

如今，谁还会在家里自己动手做月饼？谁又会愿意吃这样的月饼呢？都说岁月流逝，其实，流逝的岂止是岁月？

# 赛什腾的月亮

又到中秋节了，不知道柴达木盆地赛什腾山上的月亮，今年和往年是不是一样的圆？

赛什腾山应该算是昆仑山的余脉，那时候，在青海石油局的冷湖四号老基地，不论从哪个井队的位置上都可以望到它。望着它，觉得很近，却是望山跑死马，跑到山脚下，至少要花上半天的时间。

"那时候"，是指1968年。那一年，北京的初三学生甘京生和一批北京的中学生来到冷湖，成了石油工人。那时候，甘京生还不到十八岁。就在那一年的中秋节，井队放假，他和几个同学约好，一早就从四号老基地出发，往那座已经望了大半年的赛什腾山走去。那座每天都会映入眼帘的赛什腾山，在柴达木盆地明亮得有些刺眼的阳光照射下，有时候会如海市蜃楼一般缥缈，让甘京生对它充满无限的想象。甘京生喜欢幻想，或许这是他从小时候就养成的习惯，他喜欢独自一人望着天空或树林或校园里的篮球架遐想联翩。大概和他喜欢读文学的书籍有关，那些书让他常常禁不住心旌摇荡，天马行空。

否则，他不会和同学们约好向那座秃山走去。去之前，师傅就对他说过：那山上什么也没有，从来就没有人爬上去过，你去那儿干啥？他还是执意去了，累出一身的大汗，走了整整一个上午，下午一点多的时候才走到山脚下，吃点东西继续爬，下午四点多的时候，终于爬到了山顶。山上除了有些芨芨草和星星点点的黄色的野花，真的什么都没有，尽是一些裸露的灰色石头，仿佛月球的地貌，显得那样的荒寂。

但是，甘京生很兴奋，他管这些小黄花叫作赛什腾花，就像老一辈石油人找到了石油，把山下那一片井架林立的地方命名为冷湖一样。青春年少能够燃烧激情和幻想，让平凡琐碎的日子焕发出光彩。中秋节的天气在柴达木盆地已经冷了，天黑得也早了。爬上山没有多久，天色就渐渐暗了下来，秋风一吹，有些萧瑟冷洌的感觉，同学们都说，赶紧下山吧，天再黑下来，下山的路就不好找了。他却坚持要等到月亮出来。"好不容易来一趟赛什腾山,又赶上中秋节,没看到月亮怎么行?"他对同学们说。同学们只好陪他一起看月亮。

那是甘京生第一次在赛什腾山看到月亮。那赛什腾的月亮,令他一生难忘。他能说出赛什腾的月亮和北京的月亮有什么不一样吗?他说不清楚,只觉得天远地阔,四周一片荒凉,月亮却和照在北京城里一样,那样浑圆明亮地照在这里没有一点生命气息的石头、萋萋的野草还有他刚刚命名的赛什腾花上。他觉得月亮真的非常伟大,对世界万物,无论尊卑贵贱,无论亲疏远近,都是一视同仁的。

这是第二年我在北京见到甘京生,他对我说起中秋节爬赛什腾山看月亮时讲的话。那一年夏天,他回北京探亲,专程来我家看我。从青海回京,他沿途一路游玩,在山西看过云冈石窟,还在那里买了几本旧书,带回来送给我。他的这一举动,让我刮目相看。好不容易有了天数规定好的探亲假,还不早早回家,谁舍得把时间浪费在路上,还惦记着逛书店,买几本在当时看来无用甚至被视为有害的书?他的浪漫之情,和当时正在热热闹闹搞阶级斗争的气氛是多么不谐调。

那是我第一次见到他。他和我弟弟是同学,又同在冷湖做石油工人,他是受我弟弟之托来看我的。那一天晚上,他住在我家，我们抵足而眠，秉烛夜谈，聊了很多。他说这番话时，像一个文艺青年。如今，"文艺青年"像一个贬义词了，其实，真正成为一个文艺青年，并不容易，除必须具有文艺气质之外，更需要怀有一颗对生活和对文学一样真挚的赤子之心。这不是装出来的，而是一生的追求。

甘京生难得的是，他并不只是在他十八岁那一年心血来潮爬了一次赛什腾山，看了一次中秋节赛什腾的月亮。从那一年开始，每年中秋节他都会爬一次赛什腾山，看一次赛什腾的月亮。20世纪80年代，他调到冷湖石油局中学当语文老师兼班主任。他开始带着他班上的学生，每年中秋节爬赛什腾山，看赛什腾的月亮。那些生在柴达木长在柴达木且从未出过柴达木的孩子，从来没有特别注意过中秋节的月亮，更没有爬上赛什腾山看月亮的习惯。甘京生当了他们的老师之后，赛什腾的月亮，成了他们日记和作文中的内容，成了他们学生时代最美好而难忘的回忆。他让这些孩子看到了虽旷远荒寂却属于柴达木自己的独特的美。

甘京生离世已经二十多年了。他是因病去世的，他走得太早。如今，他教过的第一批由他带领爬赛什腾山看月亮的学生，已经四十多岁了，这批学生的孩子也到了读中学的年龄。不知道还会有哪一位老师带他们爬赛什腾山看中秋的月亮!

  赛什腾的月亮!

    2013年9月18日中秋节前夕写于印第安纳

# 窗前的母亲

母亲就像一株向日葵似的特别爱追着太阳烤着,让身子有一种暖烘烘的感觉。

## 窗前的母亲

在家里,母亲最爱待的地方就是窗前。

自从搬进楼房后,母亲很少下楼,我们都嘱咐她,她自己也格外注意,知道楼层高,楼梯又陡,自己老了,腿脚不利落,磕着碰着,会给孩子添麻烦。每天,我们在家的时候,她和我们一起忙乎着做饭等家务,脚不识闲儿,我们一上班,孩子一上学,家里只剩下她一个人,没什么事情可干,大部分的时间里,她是待在窗前。

那时,母亲的房间里,一张床紧靠着窗子,那扇朝南的窗子很大,几乎占了一面墙,母亲坐在床上,靠着被子,窗前的一切就一览无余。阳光总是那样的灿烂,透过窗子,照得母亲全身暖洋洋的,母亲就像一株向日葵似的特别爱追着太阳烤着，让身子有一种暖烘烘的感觉。有时候，不知不觉地就倚在被子上睡着了，一个盹打过，睁开眼睛，她会接着望着窗外。

窗外有一条还没有完全修好的马路，马路的对面是一片工地，恐龙似的脚手架，簇拥着正在盖起的楼房，切割着那时湛蓝的蓝天，遮挡住了更远的视线。由于马路没有完全修好，来往的车辆不多，人也很少，窗前大部分时间是安静的，只有太阳在悄悄地移动着，从窗子的这边移到了另一边，然后移到了窗后面，留给母亲一片阴凉。

我们回家，只要走到了楼前，抬头望一下家里的那扇窗子，就能够看见母亲的身影，窗子开着的时候，母亲花白的头发会迎风摆动，窗框就像一个恰到好处的画框。等我们爬上楼梯，没等我们掏出门钥匙，门已经开了，母亲站在门口。不用说，就在我们在楼下看见母亲的时候，母亲也望见了我们。那时候，我们出门永远不怕忘记带房门的钥匙，有母亲在窗前守候着，门后面总会有一张温暖的脸庞。即使晚上我们回家很晚，楼下已经是一片黑乎乎的了，在窗前的母亲也能看见我们。其实，她早已老眼昏花，不过是凭感觉而已，不过，那感觉从来都十拿九稳，她总是那样及时地出现在家门的后面，替我们早早地打开了门。

母亲最大的乐趣，是对我们讲她这一天在窗前看见的新闻。她会告诉我们：今天马路上开过来的汽车比往常多了几辆，今天对面的路边卸下好多的沙子，今天咱们这里的马路边栽了小树苗，今天她的小孙子放学和同学一前一后追赶着，跟风似的呼呼地跑，今天还有几只麻雀落在咱家的窗台上……都是些平淡无奇的小事，但她有枣一棍子没枣一棒子地讲起来，津津有味。

母亲不爱看电视，总说她看不懂那玩意儿，但她看得懂窗前这一切，这一切都像是放电影似的，演着重复的和不重复的琐琐碎碎的故事，沟通着她和外界的联系，也沟通着她和我们的联系。有时候，望着窗前的一切，她会生出一些东一榔头西一棒子的联想，大多是些陈年往事，不是过去住平房时的陈芝麻烂谷子，就是沉淀在农村老家时她年轻的回忆。听母亲讲述这些八竿子都打不到一起的事情的时候，我感到岁月的流逝，人生的沧桑，就是这样在她的眼睛里和窗前闪现着。有时候，我偶尔会想，要是把母亲这些都写下来，那才是真正的意识流。

母亲在这个新楼里一共住了五年。母亲去世以后，好长一段时间，我出门总是忘记带钥匙。而每一次回家走到楼下的时候，总是习惯地望望楼上我家的窗前，空荡荡的窗前，像是没有了画幅的一个镜框，像是没有了牙齿的一张瘪嘴。这时，才明白那五年时光里窗前曾经闪现的母亲

049

的身影，对我们是多么的珍贵而温馨；才明白窗前有母亲的回忆，也有我们的回忆；也才明白窗前落有并留下了多少母亲企盼的目光。

当然，就更明白了：只要母亲在，家里的窗前就会有母亲的身影。那是每个家庭里无声却深情动人的一幅画。

# 春节写给母亲的信

1974年的春节,我是在北大荒过的。半年前,父亲突然去世,我回到北京陪母亲,一直没有再回北大荒。这一次,我是来办理返城调动关系的手续的,却没有想到赶上了暴风雪,无法回北京和母亲一起过年了。大年初一的晚上,我给母亲写了一封信。

这是我第一次给母亲写信,也是唯有的一次。母亲不识字,这是以前我没有给她写信的理由。但那一天,我责怪并质疑自己这个自以为是的理由。我的心里充满了牵挂,我们家姐弟三人,流落四方,一个在内蒙古,一个在青海,一个在北大荒,以前即使我们都不在家,毕竟父亲在,而这个春节却是母亲生平第一次一个人形单影只地过了。特别是这一天在北大荒，五个同学买了六十斤猪肉，美美地又吃又喝；第二天，也就是大年初二，我们几个同学还要回到我们最初插队落户的生产队，那里的人早早就宰好了一头猪，要做一桌丰盛的杀猪菜，专门为我饯行。热闹的场景，红红火火的年味儿，让我越发地想起家中冷清的母亲，她一个人该怎么过这个春节呢？虽然，前几天，我已经托一位离邮局最近的同学，替我给她寄去四十元，希望她能够在春节前收到，但她那样一个节俭惯的人，舍得花这笔钱吗？独自一人，又能用这钱买些什么呢？

天高地远，漫天飞雪中，我的心思被搅得飘荡不定。我从来没有像那一夜那么想念母亲，一种从来没有过的相依为命的感觉，袭上心头。我才意识到自己以前是多么忽略母亲，在我离开北京到北大荒的那六年里，没有一个春节是陪她过的。我自以为"八千里外狂渔父"，我自以为"天涯何处无芳草"，我自以为她总也不老而我永远年轻，我自以为只有自己的事情为大而她永远不会对我提什么要求。我不知道一个孩子的长大，是以一个母亲的变老，孤独地嚼碎那么多寂寞的夜晚为代价的。父亲的突然去世，才让我恍然长大成人，知道母亲的那一头有一颗牵着风筝的心，风筝飞得再远，也是被那一颗心牵着。

那时候，我马上就到二十七岁了。我才发现，以前我是不孝，而此刻我是无能和无助，我没有任何其他的法子来排遣我的愁绪，来帮助天那一方的母亲，唯一可以做的，就是写一封信给她。按照传统的规矩，没过正月十五就都算是过年，我希望母亲能够在正月十五前收到它。

我给母亲写了一封信。她看不懂，就让我在北京的同学读给她听，让她知道我对她的想念和牵挂，希望她能够过一个好年。第二天一清早，我托人顶着风雪以最快的速度到县邮局给母亲寄了一封航空信。

在这封信里，我告诉母亲我在北大荒的情况，特别告诉了她：五个同学买了六十斤猪肉，另外，我们几个同学已经宰好了一头猪，等我回去时好为我送行。所有这一切，都是为了让她放心。同时，我问她：北京下雪了吗？一个人出门一定要注意，路滑别跌倒了。我问她：年过得怎么样，寄去的那四十元钱收到了吗？就把那钱都花了吧，特别嘱咐她"做饭做菜多做点儿，多吃点儿，多改善点儿伙食，不要怕花钱"。我又告诉她在京的两个特别要好也特别叮嘱过的好朋友的电话，就写在月份牌上，一个在左面，一个在右面，有什么事就给他们两人打电话，有急事就让他们给我发电报……

我忽然发现，自己变得婆婆妈妈起来了。我从来没有对母亲这样细心过，而这样的细心以前都是母亲给予我的。

一封信写得心里格外伤感和沉重。

我不知道母亲接到我写给她的这封信后是什么样的心情。事后朋友告诉我，他到家里看望我母亲的时候，母亲拿出了这封信让他读后，只是笑着说了句："五个人买六十斤猪肉，怎么吃呀！"我从北大荒回到北京，她也没有再提及这封信。只是1989年的夏天，母亲去世之后，我在她的遗物中发现了这封信，她把信封和信纸都保存得好好的，平平整整地压在她的包袱皮里。

我从小就知道这个海尚蓝的包袱皮，母亲对它很金贵，所以我从来都没有动过它，猜想里面包着她的"金银细软"。那天，我打开它，发现里面包着的是：她已经不算年轻的时候和她老姐姐的一张合影，一件不知是什么年代的细纺绸的小褂，几十斤全国粮票和几百块钱（那是我有时候出门留给她的零花钱），还有就是这封信。

# 生命不仅属于自己

母亲已经去世十几年了,怪得很,还是在梦中常常见到,而且是那样清晰,母亲一如既往地绽开着皱纹纵横的笑脸向我说着什么。一个人与一个人的生命就这样系在一起,并不因为生命的结束而终止。

母亲在晚年,曾经得过一场幻听式的精神分裂症,大病折腾得她和我都不轻。记得那一年,母亲终于大病初愈了,那时,我刚刚大学毕业留在学校里教书。因为好几年一直躺在病床上,母亲消瘦了许多,体力明显不支,但总算可以不再吃药了,我和母亲都舒了一口气。记不得是从哪一天的清早开始,我忽然被外屋的动静弄醒,忽然有些害怕。因为母亲以前得的是幻听式的精神分裂症,常常就是这样在半夜和清晨时突然醒来跳下床,我真是生怕她的旧病复发,一颗心禁不住一下子提到嗓子眼儿。我悄悄地爬起来往外看,只见母亲穿好了衣服,站在地上甩胳臂伸腿弯腰的,有规律地反复地活动着,那动作有些笨拙和呆滞,却很认真,看得出,显然是她自己编出来的早操,只管自己去练就是,根本不管也没有想到会被人看见。我的心里一下子静了下来,母亲知道练身体了,这是好事,再老的人对生命也有着本能的向往。

大概母亲后来发现了她每早的锻炼吵醒了我的懒觉,便到外面的院子里去练她自己杜撰的那一套早操,她的胳臂和腿比以前有劲多了,饭量也大多了,蓬乱的头发也梳理得整齐多了。正是冬天,清晨的天气很冷,我对母亲说:"妈,您就在屋子里练吧,不碍事的,我睡觉死。"母亲却说:"外面的空气好。"

也许到这时我也没能明白母亲坚持每早的锻炼是为了什么,以为仅仅是为了她自己大病痊愈后生命的延续。后来,有一次我开玩笑地说她:"妈,您可真行,这么冷,天天都能坚持!"她说:"咳,练练吧,我身子骨硬朗点儿,省得以后给你们添累赘。"这话说得我的心头一沉,我才知母亲所做的一切都是为了孩子,她把生命的意义看得是这样的直接和明了。在以后的很多日子里,我常常想起母亲的这句话和她每天清早锻炼身体的情景,便常让我感动不已。一直到母亲去世的那一天,她都没有给孩子添一点累赘。母亲是无疾而终,临终的那一天,她如同预先感知即将到来的一切似的,将自己的衣服,包括袜子和手绢,都洗得干干净净,整齐地叠放在柜子里。她连一件脏衣服都没有给孩子留下来。

也许,只有母亲才会这样对待生命。她将生命不仅仅看成自己的,还是关系着每一个孩子的,她就是这样将她的爱通过生命的方式延续着。

我们常说一个人和另一个人感情是可以相通的,其实,一个人和另一个人的生命更是可以相连的。

# 温暖的劈柴

那一年，父亲病故，我从北大荒回到北京，还不到三十岁，也还没有结婚。那时候，我没有意识到母亲已经老了。那时候，我还年轻，心像长了草，总觉得家里狭窄憋闷，一有空就老想往外跑，好像外面的世界真的很精彩，可以让自己散心，也能够让自己成才，便常常毫不犹豫地把母亲一个人孤零零地甩在家里。母亲从来不说什么，由着我的性子，没笼头的马驹子似的到处散逛，在她的眼里，孩子的事，甭管什么事，总是大的。

都说年轻时不懂得爱情，其实，年轻时最不懂得的是父母心。

那时候，我在一所中学里当老师，有一次，放寒假了，我没有想到，有时间了，可以在家里多陪陪已经老迈的母亲，反觉得好不容易放假了，打开了笼子的鸟，还不可劲儿地飞？便利用假期和伙伴们到河北兴隆的山区玩了一个多星期。

回来的那天，到家已经是晚上了。推门进屋，屋里黑洞洞的，没亮灯。正纳闷，听见一个老爷子的声音："是复兴回来了吧？"然后看见火柴噌噌响了好几声，大概是返潮，终于一闪一闪的，点亮了炉膛里的劈柴。我这才感到屋里一股冷飕飕的寒气。

说话的是邻居赵大爷，年龄比母亲还要大几岁，身板很结实。我摸到开关，打开了电灯，才看见母亲蜷缩在床上的被子里。赵大爷对我说："你妈两天没出门了，我担心她一人在家别出什么事，进你家一看，老太太感冒躺在床上起不来了，炉子也灭了，这么冷的天，人哪儿受得了呀！这不赶紧找劈柴生火，连灯都没顾得上开。"

炉火很快就生着了，火苗噌噌地往上蹿，屋子里暖和了起来，被子里的母亲也稍稍舒展了腰身。赵大爷一身的灰和劈柴渣儿。母亲对我说："多亏了你赵大爷。"我连忙谢他，他说："街里街坊的，谢什么呀，快给你妈做饭吧。"母亲连连摆手，说嘴里一点儿味儿没有，不想吃，让我先烧壶开水。我往水壶里灌好水，坐在炉子上，回过头看了一眼瘦弱的母亲，心里充满愧疚。

　　赵大爷出门前，回头对我说："你家的劈柴没有了，我刚才找了半天，才找出一点儿，刚刚够点着火炉子，你要不先到我家拿点儿劈柴去，省得明天火要是又灭了，你没得使。"

　　我跟着他走到他家，他抱来满满一捆劈柴放到我的怀里，送我走出他家院门的时候，对我说了这么一句话，如今三十多年过去了，我还清晰地记得。他说："复兴呀，原来孔圣人说，'父母在，不远游'，现在别说是你们年轻人了，就是撂谁也做不到，但改一个字，父母老，不远游，还是应该能做到的。"

　　那天晚上，没有星星，天很黑，很冷。走在回家的夜路上，耳边老响着赵大爷的这句话。我心里很惭愧，怀里的劈柴很沉，但很暖。

# 清明忆

好多童年的事情，过去了那么多年，却依然恍若在眼前，连一些细枝末节都记得特别清楚。记得父亲为我买的第一支笛子，是一角二分钱；买的第一本《少年文艺》，是一角七分钱；买的第一把京胡，是两元两角钱……那时候，家里生活不富裕，一家五口全靠父亲微薄的薪水维持，为了给我买这些东西，父亲掏出这些钱来，是咬着牙的。因为那时买一斤棒子面才几分钱，花这么多钱买这些东西，特别是花两元多钱买一把胡琴，显得有些奢侈。

读初二的那一年，我爱上了读书，特别是从同学那里借了一本《千家诗》之后，我对古诗更是着迷。那时候，我家住在前门，离大栅栏不远，大栅栏路北有一家挺大的新华书店，我常常在放学之后到那里看书。多次地翻看，从那书架上琳琅满目的唐诗宋词里，我看中了其中四本，最为心仪，总是爱不释手，拿起来，又放下，恋恋不舍。一本是复旦大学中文系编选的《李白诗选》，一本是冯至编选的《杜甫诗选》，一本是游国恩编选的《陆游诗选》，一本是胡云翼编选的《宋词选》。

每一次，翻完这四本书后，总要忍不住看看书后面的定价，《李白诗选》定价是一元五分，《杜甫诗选》定价是七角五分，《陆游诗选》定价是八角，《宋词选》定价是一元三角。四本书加起来，总共要小五元钱呢。那时候的五元钱，正好是我在学校里的一个月午饭的饭费。每一次看完书后面的定价，心里都隐隐地叹口气，这么多钱，和父亲要，父亲不会答应的。所以，每次翻完书，心里都对自己说，算了，不买了，到学校借吧。可是，每次到新华书店里去，总忍不住还要踮着脚尖，把这四本书从架上拿下来，总忍不住翻完书后还要看看后面的定价，似乎希望这一次看到的定价，会比上一次看到的要便宜了似的。

那时候，姐姐为了帮助父亲分担家里的负担，不到十八岁就去了包头，到正在新建的京包铁路线上工作，她从工资里拿出大部分，每月给家里寄二十元钱。那一天放学之后，母亲刚刚从邮局里取回姐姐寄来的二十元钱，我清清楚楚地看见母亲把那四张五元钱的票子放进了我家放"金银细软"的小箱子里。母亲出去之后，我立刻打开小箱子，从那四张票子里抽出一张，揣进衣兜，飞也似的跑出家门，跑到大栅栏，跑进新华书店，不由分说地，几乎是比售货员还要业务熟练地从书架上抽出那四本书，交到柜台上，然后从衣兜里掏出那张五元钱的票子，骄傲地买下了那四本书。终于，李白、杜甫和陆游，还有宋代那么多有名的词人，都属于我了，可以天天陪伴我一起吟风弄月、说山论河了。

回到家，我放下那四本书，心里非常高兴，就跑出去到胡同里和小伙伴们玩了。黄昏的时候，看见刚下班的父亲一脸铁青地向我走来，然后把我拎回家，回到家，把我摁在床板上，用鞋底子打了我屁股一顿。我没有反抗，没有哭，什么话也没有说，因为我一眼看到了床头上放着的那四本书，知道父亲一定知道了小箱子里少了一张五元钱的票子是干什么去了。我知道，是我错了，我不该私自拿钱去买书，五元钱对于一个贫寒的家庭来说是一笔不小的数目。

挨完打后，我没有吃饭，拿着那四本书，跑回大栅栏的新华书店，好说歹说，求人家退了书。我把拿回来的钱放在父亲的面前，父亲抬头看了我一眼，什么话也没有说。

第二天晚上,父亲回来晚了,天完全黑了下来。母亲已经把饭菜盛好,放在桌子上,我们一家正等他吃饭。父亲坐在饭桌前,没有先端饭碗,而是从他的破提包里拿出了几本书,我一眼就看见,就是那四本书,《李白诗选》《杜甫诗选》《陆游诗选》和《宋词选》。父亲对我说:"爱看书是好事,我不是不让你买书,是不让你私自拿家里的钱。"

将近五十年的光阴过去了,我还记得父亲讲过的这句话和讲这句话的样子。那四本书,跟随我从北京到北大荒,又从北大荒到北京,几经颠簸,几经搬家,一直都还在我的身旁。大栅栏里的那家新华书店,奇迹般地也还在那里。一切都好像还和童年时一样,只是父亲已经去世三十八年了。

2011年清明前夕写于北京

# 娘的四扇屏

这一次来呼和浩特姐姐家，发现客厅的墙上多了两幅国画，一幅童子和牛，一幅展翅的飞鹰，都裱成立轴，尤其是牵牛的两个古代童子，面容清纯，憨态可掬，很是不错。一问，才知道是姐姐的大女儿退休之后上老年大学学着画的。然后，姐姐又说："这点随咱娘，咱娘手就巧，能描会画。"说着，她指指客厅的另一面墙，对我说："你看，那就是咱娘绣的。"

我一看，墙上挂着四扇屏。屏中是四面四季内容的传统丝绣，一看就知道年代够久远了，缎面已经显旧，颜色有些暗淡。但是，丝线的质量很好，依然透着光泽，比一般的墨色和油画色还能保持鲜艳。

春,绣的是凤凰戏牡丹。牡丹的枝叶,像被风吹动,蜿蜒伸展自如,柔若无骨;有趣的是凤凰凌空展翅,多情又有些俏皮地伸着嘴,衔起牡丹上面探出的一根枝条,像是用力要把这一株牡丹都衔走,飞上天空。右上方用红丝线绣着两行小字:"牡丹古人称花王"。

夏,绣的是映日荷花。绿绿的荷叶亭亭,粉红色的荷花格外婀娜,还横刺出一枝绿莲蓬。荷花上有一只蜜蜂飞舞,水草中有一只螃蟹弄水,有意思的是,最下面的浪花全绣成了红色。右上方也是用红丝线绣着两行小字:"夏月荷花阵阵香"。

秋,绣的是菊花烹酒。没有酒,只有一大一小、一上一下两朵金菊盛开,几瓣花骨朵点缀其间,颜色很是跳跃。上面还有一只蝴蝶在花叶间翻飞,下面有一只七星瓢虫,倒挂金钟似的在花枝下,像在荡秋千。最底下的水里,有一条大眼睛的游鱼,有一只探出触角来的小蜗牛,充满童趣。左上方用墨绿色的丝线绣着两行小字:"菊花烹酒月中香"。

冬,绣的是传统的喜鹊登梅。五瓣梅花,绣成了粉红色、淡紫色和豆青色,点点未开的梅萼,红的,粉的,深浅不一,散落在疏枝之间,如小星星一样闪闪烁烁。喜鹊的长尾巴绣成紫色,翅膀上黑色的羽毛下藏着几缕苹果绿,肚皮绣成了蛋青色。最下面的几块镂空的上水石，则被完全抽象化，绣成五彩斑斓的绣球模样了。依然是为了左右对称，在左上方用墨绿色的丝线绣着两行小字："梅荨出放人咸爱"。绣得真是清秀可爱。心里暗想，或许是"出"字绣错了，应该是"初"字。我知道娘的文化水平不高，好多字是结婚以后父亲教她的。

我问姐姐："这个四扇屏，以前我来过你家那么多次，怎么从来没有见过？"

姐姐说，这也是她前些日子刚拿出来的，然后做了四个框，才挂在墙上的。然后，姐姐告诉我，这是娘做姑娘时候绣的呢。

姐姐从来称母亲为娘。或许是母亲去世后，父亲从老家为我和弟弟娶回来继母的缘故吧，为了区别，我们都管继母叫妈，管生母叫娘。

我是第一次见到我娘的这个四扇屏。我娘死得早，三十七岁就突然病故。我没有见过娘留下的任何遗物。在家里，只存有娘的一张照片，那是葬礼上的一幅遗像，成为联系我和娘生命与情感的唯一凭证。

说实在的，由于那时候年龄小，我的脑海和记忆里，娘的印象是极其模糊的。突然见到这四扇屏，心里有些激动，禁不住贴近墙面，想仔细看，不知是这面墙热，还是四扇屏有了热度，一下子有了一种温暖的感觉，好像就贴在娘的身边。

这面墙正对着阳台的玻璃窗，四扇屏上反光很厉害，跳跃着的光点，晃着我泪花闪烁的眼睛，一时光斑碰撞在一起，斑驳陆离。春夏秋冬的风景，仿佛晃动交错在一起，很多记忆，蜂拥而至，随四季变换而缤纷起来。而且，本来似是而非早已经模糊的娘的影子，似乎也水落石出一般，在四扇屏上清晰地浮现出来。

从北京来呼和浩特之前，我已经在心里算过了，如果娘活着，今年整整一百岁。我对姐姐说了这话之后，姐姐一愣，然后说："可不是怎么着，娘二十岁生下的我，我今年都八十了。"说完，姐姐又望望墙上的四扇屏。她没有想到这是娘的一百岁，却正好赶上了娘的一百岁。不是心里的情分，不是命运的缘分，又是什么？

亏了姐姐的心细，将这个四扇屏珍藏了八十年。这八十年，不要说经历了抗日战争和内战的战乱中的颠沛流离，就是"文化大革命"的"破四旧"运动，也够姐姐受的了。四扇屏是娘留下来的唯一的遗物了。我这才忽然发现，遗物对于人尤其是亲人的价值。它不仅是留给后人的一点仅存的念想，同时也是情感传递和复活的见证。

我想起去年夏天曾经读过徐渭的一首七绝诗，当时觉得写得好，抄了下来："箧里残花色尚明，分明世事隔前生。坐来不觉西窗暗，飞尽寒梅雪未晴。"这是徐渭写给自己亡妻的，他看到箧里妻子旧衣上绣的残花而心生的感受与感喟，却是和我此时的心情那样相同。有时候，真的会觉得是冥冥之中的心理感应，莫非去年夏天看到徐渭的诗就已经昭示了今天我要像他在偶然之间看到亡妻的遗物一样，在忽然之间和娘的遗物相遇，让相隔世事的前生，特别在娘一百岁的时候，和我有一个意外的邂逅？

只是，和姐姐相对而坐，面临的不是西窗，而是南窗；飞落的不是梅花和雪花，而是一春以来难得的细雨潇潇。

我想，娘一定在四扇屏上看着我们。那上面有她绣的牡丹、荷花、菊花和梅花，簇拥着她，也簇拥着我们。

2015年6月4日写于呼和浩特细雨中

# 姐　姐

　　这个世界上最先让我感觉到有至为圣洁而宽厚的爱,而值得好好活下去的,一个是母亲,一个是姐姐。

一

　　年轻时,姐姐很漂亮,只是脾气不好,这一点随娘。在我和弟弟落生的时候,娘都把姐姐赶出家门,远远的,到城外去,说她命硬,会冲了我们降生的喜气。我和弟弟都是姐姐抱大的,只要我们一哭,娘常常不问青红皂白先要把姐姐骂上一顿,或者打上几下。可以说,为了我和弟弟,姐姐没少受气,脾气渐渐变得躁而格外拧。

可是，姐姐从来没对我和弟弟发过一次脾气。即使现在我们已经长大成人，在她眼里依然还像依偎在她怀中的小孩。

姐姐的脾气使得她主意格外大，什么事都敢自己做主。娘去世的那一年，她偷偷报名去了内蒙古。那时，正修京包铁路，需要人。那时，家里生活越发拮据，娘去世后一大笔亏空，父亲瘦削的肩已力不能支。临行前，姐姐特地在大栅栏为我和弟弟买了双白力士鞋，算是再为娘戴一次孝，带我们到劝业场照了张照片。带着这张照片，姐姐走了，独自一人走向风沙弥漫的内蒙古，虽未有昭君出塞那样重大的责任，但一样心事重重地为了我们而离开了北京。我和弟弟过早尝到了离别的滋味，它使我们过早品尝了人生的苍凉而早熟。从此，火车站灯光凄迷的月台，便和我们的命运相交，无法分割。

那一年，姐姐十七岁。

第二年，姐姐结婚了。她再一次自作主张，让父亲很是惊奇又很无奈。春节前夕，她和姐夫从内蒙古回到北京，然后回姐夫的家乡任丘。姐夫就是从那里怀揣着一本孙犁的《白洋淀纪事》参加革命的，脾气很好，正好和姐姐形成了鲜明的对比。

以后，我和弟弟便盼姐姐回来。因为每次姐姐回来，都会给我们带回许多好吃的、好玩的。我们还是不懂事的小馋猫呀！记得三年困难时期，姐姐到武汉出差，想买些香蕉带给我们，跑遍武汉三镇，只买回两挂芭蕉。那是我第一次吃芭蕉，短短的，粗粗的，口感虽没有香蕉细腻，却让我难忘。望着我和弟弟贪婪地吃着芭蕉的样子，姐姐悄悄落泪。那时，我不明白姐姐为什么要落泪。

那一次，姐姐和姐夫一起来北京，看见我和弟弟如狼似虎贪吃的样子，没说什么。正是我们长身体的时候，肚子却空空的，像无底洞，家里粮食总是不够吃……父亲念叨着。姐姐掏出一些全国粮票给父亲，第二天一清早便和姐夫早早去前门大街全聚德烤鸭店排队。那时，排队的人多得不亚于现在办出国签证的。我不知道姐姐、姐夫排了多长时间的队，当我和弟弟放学回家时，见到桌上已经摆放着烤鸭和薄饼。那是我们第一次吃烤鸭，以为该是世界上最好吃的东西了。望着我们一嘴油一手油可笑的样子，姐姐苦涩地笑了。

盼望姐姐回家，成了我和弟弟重要的生活内容。于是，我们尝到了思念的滋味。思念有时是很苦的，却让我们的情感丰富而成熟起来。

姐姐生了孩子以后，回家探亲的日子越来越少。她便常寄些钱来，父亲拿这些钱照样可以买各种各样的东西给我们，我却感到越发思念姐姐了。我们盼望姐姐归来已经不仅仅为了解馋，一股浓浓的依恋的情感已经长成枝繁叶茂的大树，即使无风依然要婆娑摇曳。

　　终于，又盼到姐姐回来了，领着她的女儿。好日子太不经过，像一块糖越化越小，即使再精心地含着。既然已经是渴望中的重逢，注定必有一别。姐姐说什么也不要我和弟弟送，因为姐姐来的第二天，正是少先队宣传活动，我逃了活动挨了大队辅导员的批评。那一天中午，姐姐带我们去了家附近的鲜鱼口联友照相馆。照相前，她没带眉笔，划着几根火柴，用火柴上燃烧后的可怜的一点点如笔尖上点金一样的炭，分别在我和弟弟眉毛上描了描，想把我们打扮得漂亮些。照完相回到家整理好行装，我和弟弟送姐姐她们娘儿俩到大院门口，姐姐不让送了，执意自己上火车站，走了几步，回头看我们还站在那里，便招招手说："快回去上学吧！"我和弟弟谁也没动，谁也没说话，就那样呆呆站着望着姐姐的身影消失在胡同尽头。当我们看到姐姐真的走了，一去不返了，才感到那样悲恸，依依难舍又无可奈何。我和弟弟悄悄回到大院，一时不敢回家，一人伏在一棵丁香树旁默默地擦眼泪。

　　我们不知在那里站了多久，一直到一种梦一样的声音突然在耳边响起，抬头一看，竟不敢相信：姐姐领着女儿再次出现在我们的面前，仿佛她早已料到会有这样的场面一样。她摸摸我们的头说："我今儿不走了！你们快去上学吧！"我们破涕为笑。那一天过得格外长！我真希望它能够永远"定格"！

## 二

在一次次分离与重逢中，我和弟弟长大了。1967年年底，弟弟不满十七岁，就像姐姐当年赴内蒙古一样，自作主张报名去青海支援三线建设，一腔"天涯何处无芳草"的慷慨豪迈。姐姐以为他去西宁一定要走京包线的，就在呼和浩特铁路站一连等了他三天。姐姐等不及了，一脚踏上火车直奔北京，弟弟却已走郑州直插陇海线，远走高飞了。姐姐不胜悲恸，把原本带给弟弟的棉衣给了我，又带我跑到前门买了顶皮帽，仿佛她已经有了我也要走的先见之明一样。我把她本来送给弟弟的那一份挚爱与牵挂统统收下了。执手相对，无语凝噎，我才知道弟弟这次没有告别的分手，对姐姐的刺激是多么大。天涯羁旅，茫茫戈壁，会时时跳跃着姐姐一颗不安的心。

就在姐姐临走那天夜里，我隐隐听到一阵微微的哭泣声，禁不住惊醒一看，姐姐正伏在床上，为我赶缝一件棉坎肩。那是用她的一件外衣做面、衬衣做里的坎肩。泪花迷住她的眼，她不时要用手背擦擦，不时拆下缝歪的针脚重新抖起沾满棉絮的针线……

我不敢惊动她，藏在棉被里不敢动窝，眯着眼悄悄看她缝针、掉泪。一直到她缝完，轻轻地将棉坎肩放在我的枕边，转身要去的时候，我怎么也忍不住了，一把伸出手，紧紧抓住她的胳膊。我本以为我一定控制不住，会大哭起来，可我竟一声没哭，只是一句话也说不出来，喉咙和胸腔里像有一团火在冲，在拱，在涌动……

我就是穿着姐姐亲手缝制的棉坎肩，带着她的棉衣、皮帽以及绵绵无尽的情意和牵挂，踏上北去的列车到北大荒的。那是弟弟走后不到一年的事。从此，我们姐弟仨一个东北，一个西北，一个内蒙古，离得那么远那么远，仿佛都到了天尽头。我知道以往月台凄迷灯光下含泪的别离，即使是痛苦的，也难再有了，而只会出现在我们各自迷蒙的梦中。

我和弟弟两个男子汉把业已年老的父亲孤零零地甩在北京。当我们自以为的革命是何等辉煌之际，家正走向颓败。世态炎凉与人心险恶，是我万未料到的，以为红色海洋会荡涤出一片清纯和美好来。就在我离开家不久，父亲被人赶至两间破旧、矮小的房子里，原因是我家走了我和弟弟两个大活人，用不着那么大的空间，外加父亲曾经参加过国民党。老实又胆小的父亲便把家乖乖迁徙到这两间小黑屋中。最可气的是窗户跟前还有一个自来水龙头，全院人喝水洗涮全仰仗它，每天从早到晚的吵闹声使人无法休息，而且水洇得全屋地下潮漉漉的，爬满潮虫。

就在这一年元旦前夕，姐姐、姐夫来到北京开会。他们本可以住到招待所，看到家颓败到这种模样，老人孤零零如风中残烛，便没有住在别处，而在这潮漉漉、黑漆漆的小屋过夜，陪伴、安慰着父亲孤寂的心。这就是我和弟弟甩给姐姐的家。那一夜，查户口的突然不期而至，是为了给父亲耍耍威风看的。姐姐首先爬起床，气愤得很。查户口的厉声问："你是什么人？"姐姐嗓门一向很大："我是他女儿。"又问姐夫："你呢？"姐夫掏出工作证，不说一句话，他太清楚这些人的嘴脸，果然，他们客气地退去了。那工作证上写着：中共党员、呼和浩特铁路局监委书记。

姐姐、姐夫走的那一天清早，买了许多元宵，煮熟吃时，姐姐、姐夫和父亲却谁也吃不下。元宵本该团圆之际吃，而我和弟弟却远走天涯。她回内蒙古后不时给父亲寄些钱来，其实那本该是我和弟弟的责任。姐姐也常给我和弟弟分别寄些衣物、食品，她把她的以及远逝的那一份母爱一并密密缝进包裹之中。她只要我常常给她写信、寄照片。

当我有一次颇为自得地写信告诉她我能扛起九十公斤重的大豆踩着颤悠悠的三级跳板入囤时,姐姐吓坏了,写信告诉我她一夜未睡,叮嘱我一定小心,千万别跌下来,让她一辈子难得安宁。

又一次,她看见我寄去的照片,穿着临走时她给我的那件已经破得不成样子的棉衣,打着我那针脚粗粗拉拉实在难看的补丁,又腰扎一根草绳时,她哭了,哭得那样伤心,以至姐夫不知该怎么劝才好……

## 三

当我像只飞得疲倦的鸟又飞回北京时,北京没有如当年扯旗放炮欢送我一样欢迎我。可怜巴巴的我像条乞讨的狗一样,连一份工作都没有,只好待业在家,这才知道无论什么时候只有家才是憩息地。

从我回北京那一月起,姐姐每月寄来三十元钱,一直寄到我考入大学。似乎我理所应当从她那里领取这份"工资"。她已经有三个孩子了,一大家子人。而那年我已经二十七岁!每月邮递员呼喊我的名字,递给我这份汇款单时,我的手心都会发热发颤。仿佛长得这么大了,我还是个嗷嗷待哺的孩子，三十元可以派些大的用场。脆弱的自尊与虚荣，常在这几张票子面前无地自容，又无法弥补。幸亏待业时间不长，一年多后，我找到了工作，在郊区一所中学教书。我把消息写信告诉姐姐，要她不要再寄钱来了，我已经有了每月四十二元半的工资。谁知，姐姐不仅依然按月寄来三十元钱，而且寄来一辆自行车，告诉我："车是你姐夫的，你到郊区上班远，骑车方便些，也可以省点儿汽车钱……"

我从火车货运站取出自行车，心一阵阵发紧。这辆银色的自行车跟随姐夫十几年。我感到车上有姐姐和姐夫的殷殷心意，真觉得太对不住他们，不知要长到多大才不要他们再操心。

我盼望着姐姐能再来北京，机会却如北方的春雨般难得了。只是有一次姐姐突然来到北京，让我喜出望外。那是单位组织她到北戴河疗养。她在铁路局房建段当管理员，平凡的工作，却坚持天天不迟到、不请假、坚守岗位，因此，年年评先进工作者都会评上她。这次到北戴河便是对她的奖励，第一次，也是最后一次。十几年没见面了，姐姐明显老了许多，更让我惊奇的是大热的天，她还穿着棉毛裤。我问她怎么啦，她说早就得了风湿性关节炎。其实，我们小时候，她的腿就已经坏了，那时候我没注意罢了。

我们长大了，姐姐老了，花白的头发飘飞在两鬓。她把她的青春献给了内蒙古，也融入了我和弟弟的血肉之躯！

我和弟弟都十分想念姐姐。想想，以往都是她千里奔波来看我们，这次，我大学毕业，弟弟考取研究生，利用暑假，我们各自带着孩子专程去看望一下姐姐。这突然的举动，好让姐姐高兴一下！是的，姐姐、姐夫异常高兴，看见了我们，又看见了和我们当年一般大的两个孩子，生命的延续让人感到生命的力量。临离开北京前，我特意买了两挂厄瓜多尔进口大香蕉，那曾是小时候姐姐和我们最爱吃的。我想让姐姐吃个够！谁知，姐姐看着这样橙黄、硕大的香蕉，不舍得吃，非让我们吃。我和弟弟不吃，她又让两个孩子吃。两个孩子真懂事，也不吃。直至香蕉一个个变软、变黑，最后快要烂了，还是没人吃。没人吃，也让人高兴！姐姐只好先掰开一只香蕉送进嘴里："好！我先吃！都快吃吧，要不浪费了多可惜！"我从来没有吃过这样美味的香蕉！悄悄地，我想起小时候姐姐从武汉买回的那两挂芭蕉。人生的滋味真正品味到了，是我们以全部青春作为代价。

昭君墓就在呼和浩特近郊，姐姐在这里生活了这么长时间，却从来没有去过一次。我们撺掇姐姐去玩一次。她说："我老了，腿也不行，你们去吧！"一想到她的老关节炎腿,也就不再劝,我们去的兴头也不大,便带着孩子到城里附近的人民公园去玩。不想那天玩到快出公园大门,天突然浓云密布,雷雨大作。塞外的豪雨莽撞如牛,铺天盖地而来,那阵势惊人,不知何时才能停下来。我们只好躲在走廊里避雨,待雨稍稍小下来,望望天依然沉沉的,索性不再等雨过天晴,领着孩子向公园门口跑去。刚跑到门口,就听前面传来呼唤我和弟弟的声音。真没有想到,是姐姐穿着雨衣,推着车,站在路旁招呼着我们,后车座上夹满雨具,不知她在这里等了多久!雨珠一串串从打湿的头发梢上滚落下来,雨衣挡不住雨水的冲击,姐姐的衣服已经湿漉漉一片,裤子已经完全湿透,紧紧包裹在腿上……

姐姐!无论风中、雨中,无论今天、明天,无论离你多近、多远,我会永远这样呼唤你,姐姐!

1992年3月9日写于北京

# 冷湖之春

车过当金山,看见前两天刚落的雪,哈达一样飘在山上和路旁。到冷湖,迎接我的首先是风,足有八九级,刮得戈壁滩一片昏黄,正午的太阳仿佛被刮得醉汉一样摇摇晃晃。

这是我第四次到冷湖。

1967年的冬天,我唯一的弟弟,不到十七岁,毅然决然地志愿报名,顶着纷飞的大雪从北京来到了这里,当一名石油修井工人。他寄回家的第一张照片,头戴铝盔,身穿厚厚的缝满方格的棉工作服,登上高高的石油井架,仿佛要摸着蓝天白云。他在信中告诉我的第一件事,是井喷抢险,原油如雨一样喷湿了他的全身,连里面的裤衩都浇得透透的。冷湖，就这样地从那遥远的地方闯进了我的视线，变得含温带热，可触可摸，富于生命，富于情感，让我的心充满着牵挂、悬想和担忧。

1981年，我在中央戏剧学院读书的最后一年，学院组织毕业实习。那时是金山先生当院长，开明得很，让我们自己选择实习的地方，只要不出国，哪里都行。我毫不犹豫地选择了冷湖。它是那样的遥远，从北京坐了三天两夜的火车，到达甘肃的柳园，弟弟早早等在了那个沙漠中孤零零的小站接我。又坐上一辆五十铃大卡车奔波了二百五十多公里，翻过祁连山和阿尔金山交界处海拔三千六百八十米高的当金山口，进入柴达木盆地再行驶一百三十公里，才到达了冷湖。这三百八十公里蜿蜒而漫长的公路四周，是一眼望不到边的瀚海戈壁，除了星星点点的芨芨草、骆驼刺和红柳有些灰绿色外，黄色，黄色，扑入眼帘的便都是起伏连绵、平铺天边的沙丘单调的黄色。冷湖，是在这无边黄色沙丘包围中的一个小镇。

那一次，我在冷湖住了一个半月，走遍了冷湖的角角落落。我首先来到了冷湖这个地名的发源地，那是一片远没有青海湖大，也赶不上苏干湖和尕斯库勒湖宽阔的高原湖，是阿尔金山的千年积雪融化流下来而形成的湖泊。我去的时候是初秋，正是好季节，湖面上漂浮着蓝天白云，将一湖清新的绿都沉淀在了湖底。谁也不知道这片湖水在柴达木盆地沉睡了多少年，一直到了1955年，新中国的第一批女子勘探队闯进了柴达木盆地，勘探到了这里，才发现了它。只不过她们发现它的时候，正赶上数九寒冬，风沙呼啸，湖水给予她们的是凛冽，她们便给它起了这样一个写实并且有些情绪化的名字：冷湖。这个名字冷冰冰的，多少有些不吉利，谁想到，第三年，1958年9月13日，就在它旁边不远的五号构造区的地中四井喷油了，喷得冲天的黑色油柱，落在井架四周，不一会儿便成了一片汪洋油海，飞来的野鸭子误以为这里是冷湖呢，纷纷落下来，就被油粘住再也飞不起来了。地中四井是柴达木打出的第一口油井，年产量三十二万吨，现在看来并不多，但在当时石油年产量只有百万吨的中国来说，贡献是极大的。青海石油局浩浩荡荡地迁到了这里，给这里起个地名吧，冷湖就这样第一次画在了祖国的版图上！冷湖，就是这样才渐渐平地起高楼，在一片荒沙戈壁上建设起来了，石油局的职工家属从全国各地拥来，最多时达到了六万多人，井架最多时达到一千零一十一个，其中七百二十六口井出了油。说那时井架林立，炊烟缭绕，人气大振，生气勃勃，冷湖再不是寒冷袭人的湖，而是一片沸腾的油海，并不夸张。可以说，冷湖是新中国建设初期生产力和生产关系以及国家与人的精神风貌的一面旗帜、一种象征。我曾多次对弟弟讲，冷湖就是一部史，你应该为冷湖写史。

岁月如流，人生如流，三十一年过去了。我第四次来到冷湖，却是捧着弟弟的骨灰盒来到了冷湖。2011年年底，弟弟病逝前嘱咐家人，一定要把他的骨灰带回柴达木。赶在清明节，我来到冷湖。

首先来到采油五队，弟弟最早就是在这里工作、结婚、生子的。第一次来到这里时，采油树高高矗立，我还曾经和他一起爬上去，他告诉我，那一年井架上的卡瓦落下来，正好砸在他的头顶，幸好戴着头盔。调回北京时，他把这顶砸裂的头盔带回，一直放在他家的书柜上。

我知道冷湖地区的油井基本开采完毕，柴达木的石油开发已经战略转移到了冷湖西部的三百一十公里的花土沟构造地带，多年前，就将六万职工家属撤离了海拔三千米、缺氧三分之一的冷湖，把家搬到了敦煌。我也懂得建设同战争是有着相似的道理的，尤其是在这亘古无人的荒凉的戈壁滩上建设，同进攻是一样的，进攻是必需的，撤退也同样是必需的，不必为冷湖现在的荒芜而伤感。像一个人一样，从青年走到老年，完成了人生的使命，它以前走得辉煌，它现在走得应该属于悲壮。但看到眼前的采油五队成了一片废墟，断壁残垣，满目凋零，还是有些为它伤感。

如果从20世纪50年代初期算起到现在，不过才六十个年头。一个曾经那样轰轰烈烈的地方，就这样像一个搬空了道具和布景的舞台，像一株凋零了枝叶和花朵的大树，像一片陨落了星星和消失了云彩的星空。

弟弟结婚时住的房子剩下了一面墙，透过凋败的窗框，可以看到不远处一座废墟，那是当年的注水站，旁边就是他和他的师傅、徒弟经常爬上爬下的井架。厚厚的黄沙中，埋有小孩的鞋、大人的毡靴、旧报纸、破碎的酒瓶和罐头瓶盖。我还捡起几枚乳白色的鹅卵石，不是戈壁滩的前世大海留下的遗迹，就是当年弟弟他们一帮工人苦中作乐的装饰品，成为这里曾经有过生命和生活的历史物证。

风和阳光是向导，带我走进烈士陵园。它坐落在起伏的沙丘上，沙子已经掩埋了坟茔的一部分，有的坟前的墓碑已经残缺剥蚀，有的墓碑里镶嵌的烈士的照片被风沙吞噬。每一次来冷湖，我都要来这里，为了拜谒两位前辈。

一位是石油部新中国第一任总地质师陈贲。他莫名其妙地被打成右派，发配到这里来劳动改造，但他没有被压垮，反而积极参与了这里的勘探与开发，参与了冷湖地中四井的发现工作，坚持实践着并论证着他曾经被批判的"侏罗纪"的地质理论。以至整他的人后来也不得不对他刮目相看，来到冷湖，想找他谈谈，给他也给自己一个台阶。

他却义正词严地说没什么好谈的，甩手而去，得罪了人家，为此，迎接他的命运是紧接着连降两级，但他仍不改变自己做人"宁做刚直的栋，不做弯腰的钩"的原则。这样一个对新中国石油事业有着卓越贡献的地质师，在"文化大革命"中冤死在冷湖，他忍受不了非人的批斗，选择了宁愿自杀也要留下自己刚正不阿的身影。

另一位也是石油部总地质师黄先训，他比陈贲的命运要好些，赶上了拨乱反正的好时机，将自己头上的"右派"和"反革命"的帽子摘了下来。平反之后，他唯一的要求是到柴达木盆地来一趟。作为总地质师，他跑遍了全国所有的油田，唯独没有来过青海油田。谁想到已经买好了去青海的火车票，却突然一病不起，被查出是癌症晚期。临终之前，他摇着苍老瘦弱的手臂，要求将他的尸体埋藏在冷湖这座沙丘之上。

那是1980年，弟弟在采油队，在报纸上看到了黄先训先生这个要求，当晚写了一首诗《冷湖的上空多了一颗星》，寄给了《青海湖》杂志。稿子恰巧到了也是刚刚右派平反的诗人昌耀的手中，很快就发表了。那是弟弟发表的第一篇作品。冥冥之中，他们三人之间有了默契的感应，弟弟在冷湖的每一年清明节，都会到这儿来为黄先生扫墓。这一次，弟弟来不了了，站在黄先生的墓前，我和黄先生的女儿通了电话。风非常大,纸怎么也烧不着,最后是把打火机和纸一起塞进皮夹克里面才点着,差点连皮夹克一起烧着。风立刻把纸吹跑,燃起火焰的黄纸像是火中涅槃的凤鸟。

我最后要求去原来的学校看看。学校门前的一片空场上,原来曾经种着上百棵白杨树。那是一片不同寻常的白杨树。1970年以前,这片空场只是一片戈壁滩。学生们到了冬天用水把它浇成宽阔的溜冰场,是它唯一的用场。也曾有一年的春天,在它的四周栽上一圈白杨树的小树苗,但在干旱缺水的戈壁滩都枯死了。1970年的夏天,一个叫陈炎可的男人来到了这片空场上,他被委派的任务是给这片早已经枯死的树苗浇水。这不是出于人们对树苗的关心,而是对他的惩罚。原因很简单,他是当时的"现行反革命",在被监督劳动改造,除了要给学校扫厕所、喂猪、修桌椅……还要给死树苗浇水,总之不能让他闲着。

他是广州人,二十一岁就自愿到这里当一名老师,却被无端打成了"现行反革命"。面对着这一片枯死的树苗,像面对着自己枯死的心,真有一种同病相怜的象征意味。干完所有要干的活,就到了晚上。挖好壕沟,接通学校里面的水源,让水流到这里,他计算好大约要半小时,这段时间他才可以回去稍做喘息。半小时过后再回来,如果水未放满,他便打着手电筒接着放水。本来就是无用功,他和树都无动于衷,完全是一种机械作业。就在这时候,他读起了外语,也许这就是一份冥冥中的缘分,将他和树和外语一下子迅速地连接起来。他只是觉得和枯树苗夜夜相对实在无聊,为打发时间拿起了外语书——一本英文版的《毛主席语录》。谁想到大漠冷月,枯树孤魂,一一在清水中流淌起来了,奇迹便也在这清水中出现了。一个夏天和秋天过去了,他忽然发现那些枯树苗的树根居然湿漉漉的,有了生机。他赶紧在入冬前给树苗浇了封冻水,他忽然对这片树苗、对自己荡漾起了信心。

四年过去了,浇了四年的水,读了四年的外语。日子像凝结住了一样,仿佛只成了一片空白。忽然有一天,他在水沟边读的外语,在一辆德国奔驰车出现故障翻出外语说明书却谁也看不懂的时候,派上了用场,他的"现行反革命"的帽子莫名其妙地被戴上,这一次又莫名其妙地被摘了,他被调到局里当翻译。就在这一年的春天,他浇灌的那一片树苗终于绽开了生命的绿叶。在冷湖,在方圆几百里一直被黄色统治的戈壁滩上,这是第一抹也是唯有的一抹新绿。

第一次到冷湖,是弟弟带我见的陈炎可,那时候,他已经五十岁了。他带我到学校前看那片白杨树。上百棵白杨绿荫蒙蒙，阔大的绿叶迎风飒飒细语。他告诉我，这里已经成了石油局的公园，晚上或假日，人们常到这里来。如今，学校已经是一片废墟，上百棵的白杨树大多枯死，但左右对称似的，一边剩下八棵，一边剩下六棵，还顽强地活着。为了防止浇水时水流失，人们在两边各砌起水泥台，保护着冷湖生命的遗存。大概戈壁环境所致，这十四棵白杨长得和内地的白杨不一样，长得和我前三次见到的也不一样，树干越发地骨节突兀沧桑，像胡杨。

只可惜，我见不到陈炎可。而弟弟也只能隐约站在那白杨树的枝干后面，等待着四月枝条上即将萌发的绿意。

冷湖！我第四次来，我相信以后还会再来，因为弟弟还在这里。

在这世界上，有的城市在地图上消逝了，比如特洛伊，比如庞贝，它们是因为战争和灾害而彻底没有了生命。如果冷湖有一天也在地图上消失了，那是因为发展和前进，它的生命还在。

回北京的列车上，写了一首小诗，记录我此次冷湖四月春行的心情和感情：

清明无雨送归人，千里黄沙黯白云。
大漠孤烟烟作梦，长河落日日为魂。

青杨正忆冷湖在,红柳犹诗苦意存。

天意当金山上祭,车笛鸣处雪纷纷。

2012年4月7日写于冷湖归来

## 拥你入睡

儿子上初一以后，忽然一下子长大了。换内裤，要躲在被子里换；洗澡，再也不用妈妈帮助洗，连我帮他搓搓后背都不用了。

我知道，儿子长大了，像日子一样无可奈何地长大了。原来拥有的天然的肌肤之亲和无所顾忌的亲昵，都被这长大拉开了距离，儿子变得有些羞涩了。任何事物都要有一些失去，才有一些得到吧？

有一天下午，儿子复习功课，累了，坐在我的床上看电视。实在是太累，刚看了一会儿眼皮就打架了。他忽然翻了一个身，倚在我的怀里，让我搂着他睡上一觉，迷迷糊糊中嘱咐我一句："一小时后叫我，我还得复习呢！"

我有些受宠若惊。许久许久，儿子没有这种亲昵的动作了。以前，就是一早睡醒了，他还要光着小屁股钻进你的被窝里，和你腻乎腻乎。现在，让你像搂着只小猫一样搂着他入睡，简直是天方夜谭了。

莫非懵懵懂懂中，睡意蒙眬中，儿子一下子失去了现实，跌进了逝去的童年，记忆深处掀起了清新动人的一角，让他身不由己地拾蘑菇一样拾起他现在并不想拒绝的往日温馨？

儿子确实像小猫一样睡在我的怀里。均匀地呼吸，胸脯和鼻翼轻轻起伏着，像春天小河里升起又降落的暖洋洋的气泡。

我想起他小时候，他妈妈上班，家又拥挤，他在一边玩，我在一边写东西，玩着玩着腻了，他要喊："爸爸，你什么时候写完呀？陪我玩玩不行吗？"我说："快啦！快啦！"却永远快不了，心和笔被拽得远远的。他等不及了，就跑过来跳在我的怀里带有几分央求的口吻说："爸爸！我不捣乱，我就坐这儿，看你写行吗？"我怎么能说不行？已经把儿子孤零零地抛到一边，寂寞了那么长时光！我搂着他，腾出一只手接着写。

那时候，好多东西都是这样搂着儿子写出来的。他给我安详，给我亲情，给我灵感。他一点儿也不闹，一句话也不讲，就那么安安静静地倚在我的怀里，像落在我身上的一只小鸟，看我写，仿佛看懂了我写的那些或哭或笑或哭笑交加的故事。其实，那时他认识不了几个字。有好几次，他倚在我的怀里睡着了，睡得那么香，那么甜，我都没有发现……

以后我常常想起那段艰辛却温馨的写作日子，想起儿子倚在我怀中像小鸟一样静谧睡着的情景。我觉得我的那些东西里有儿子的影子、呼吸，甚至睡着之后做的那些个灿若星花的梦境……

儿子长大了。纵使我又写了很多比那时要好的故事，却再也寻不回那时的感觉、那一份梦境，因为儿子再不会像鸟儿一样蹿上你的枝头，那么纯真地天使般倚在你的怀里睡着了。

如今，儿子居然缩小了一圈，岁月居然回溯了几年。他倚在我的怀里，睡得那么香甜、恬静。我的胳膊被他枕麻了，我不敢动，我怕弄醒他，我知道这样的机会不会很多甚至不会再有，我要珍惜。我格外小心翼翼地拥着他，像拥着一支又轻又软又薄又透明的羽毛，生怕稍稍一失手，羽毛就会袅袅飞去……

并不是我太娇贵儿子，实在是他不会轻易地让你拥他入睡。他已经长大，嘴唇上方已经展起一层细细的绒毛，喉结也已经像要啄破壳的小鸟一样在蠕动。用不了多久，他会长得比我还要高,这张床将伸不开他的四肢……

蓦地,我忽然想起儿子小时候曾经抄过的诗人傅天琳的一首诗,其中有这样几句:

> 你在梦中呼唤我,呼唤我
> 孩子你是要我和你一起到公园去
> 我守候你从滑梯上一次次摔下
> 一次次摔下,你一次次长高
> 如果有一天你梦中不再呼唤妈妈
> 而呼唤一个陌生的年轻的名字
> 那是妈妈的期待,妈妈的期待
> 妈妈的期待是惊喜和忧伤

我禁不住望望儿子,他睡得那么沉稳,没有梦话,我不知在睡梦中此刻是不是在呼唤着我。我却知道会有这么一天,拥他入睡的再不是我,而在他的睡梦中更会"呼唤一个陌生的年轻的名字"。亲爱的儿子,那将如诗人所写的,是爸爸的期待,爸爸的期待是惊喜又是忧伤。哦,我亲爱的儿子,你懂吗?此刻的睡梦中,你梦见爸爸这一份温馨而矛盾的心思了吗?……

一个小时过去了,我没有舍得叫醒儿子。

## 聪明是一张漂亮的糖纸

小铁上初二的时候，有一天下午我和他妈妈出门，问他去不去，他摇摇头，一个人闷在家里。晚上，我们回到家，他问我："你发现咱家有什么变化吗？"我望了望四周，一切如故，没发现有什么变化。他不甘心，继续问我："你再仔细看看。"我还是没有发现什么蛛丝马迹。倒是他妈妈眼尖，洗脸时一下子看见脸盆和脸盆旁边的水管上贴着小纸条，上面写着脸盆和水管的英文名称。

我这才发现屋子里几乎所有的地方，柜子、书桌、房门、厨房、暖气、音响、书架……上面都贴着小纸条，纸条上面都用英文写着它们的名称。每一张小纸条剪得大小都一样，都是手指一般窄长形的，不仔细看还真不容易看到。

他很得意地望着我笑。

不用说,这是他一下午忙碌的结果。

我表扬了他。

那一年,他对外语突然有了兴趣。他就是这样开始外语学习的。他所付出的努力一般是在家里,总是默默地。他贴满在家里的那些小纸条,仿佛是《安徒生童话》中神奇的手指。他抚摸着那些东西,使得那些东西花开般地有了生命,和他对话,彼此鼓励,使得枯燥而艰苦的学习有了兴趣和色彩,有了学下去、学到底的诱惑力。

从小到大,总是有人夸奖小铁聪明。读中学时,他的老师当着班上的同学表扬他,说:"只要肖铁想学,不论哪一门功课,他总是能把它学好。"大学期间,同学们也都认为他很聪明,都说他总是很轻松地就把功课学好了。我应该庆幸的是,小铁对这很清醒。每当别人夸他聪明时,他从来只是笑笑,没有骄傲得忘乎所以。他知道要论聪明,比他聪明的同学有的是,比如当时他最佩服的男同学任飞、女同学刘斯庸,后来都考取了清华大学。他所要做的就是认真,而且重复,把要学的东西弄得牢靠扎实。

当别人夸奖小铁聪明时,我当然很高兴,虚荣心得到了满足。但是我很清楚,孩子是以他的刻苦取得了他应有的成绩的。

有一次,和另外一所学校的同学开座谈会,有个同学问他为什么能取得那么好的成绩,他回答说:"没有别的好办法,就是得学、得背。比如历史,高考前老师带领大家复习之前,我已经把书从头到尾背了三遍了,而且要注意背那些图边上的和注解的小字,要背得仔细,才能万无一失。"

那天座谈会,我坐在他的身边,听到他的话,我很高兴,比他取得好成绩还要高兴。也许,只有我知道他是如何刻苦的。在他小学毕业时,我整理他书桌的抽屉,光从四年级到六年级三年作文的草稿,就装满了一抽屉,每一篇都改过不止一遍。小学毕业准备考中学,他把所有要背的内容都录在录音机里,每天晚上躺在床上先把录音机打开,一遍又一遍地听,哪怕睡觉前的一点时间也决不浪费。而光他抄写别人文章的本子、做笔记的本子,就不知有多少,虽然许多本子都只记了半本就扔下换了新本子,尽管我批评他太浪费了,他还是愿意一个本子一个内容,频繁地跳跃着他的新内容。

有时候,他很贪玩。读中学时最迷恋的是NBA(美国职业篮球联赛),哪怕考试再忙,电视上只要有NBA的比赛,他是必看不误,你怎么说,他也是雷打不动。为此,我和他发生过冲突。你想想，都快要考试了，他一个学生还在整晚看电视，做家长的心里能不慌？做家长的都希望孩子是听话的小羊羔，到了晚上都要赶进圈里去学习，不要受外面的种种诱惑，外面净是大灰狼。冲突到了极点，他哭着对我说："我什么时候因为看NBA把功课耽误了？我现在看电视耽误的时间，我会安排时间补回来。"

现在，我相信他了。他读大学期间，时间更紧张了，偶尔回家一趟，或是陪他妈妈逛商店，或是陪我聊聊天，其实都是很耽误他的时间的。我知道我们大人显得越来越懒散了，但孩子正是忙的时候。而且，我发现我变得爱唠叨了，也许好不容易看到孩子回家一趟，总想和他多说说话，便缺少了节制。而他变得懂事了许多，从来没有不耐烦过，总是放下手中的书本，听我说完之后，他会对他妈妈开句玩笑："妈，你看我爸又耽误了我的时间，我得晚睡几个小时了。"

有一次，他让我帮他买盏应急灯，说晚上一过十一点，宿舍就熄灯了。我劝他少熬夜。他说同学都这样，每个人的床上都有一盏应急灯。

开应急灯要是妨碍同学了，他会骑上车跑出校园，到学校旁边二十四小时营业的永和豆浆店买点吃的，就开始温书，一坐就是到半夜甚至一个通宵。

虽然，我不赞成他熬夜，但我赞成他刻苦、努力。在智商方面，孩子之间的差别不是很大，关键在于每个人付出的努力不一样，结果就会不一样。要知道，聪明只是一张漂亮的糖纸，外表可能闪闪发光挺好看，但包裹在里面的东西才是最重要的，这重要的东西就是刻苦。

大三的一天晚上，小铁来电话告诉我和他妈妈："英语六级成绩出来了，我得了89.5分。"他知道做家长的就是一根筋——只认成绩，他很遗憾地说："就差半分，要不就90分了。"这个成绩是他们系里的第一。他的英语四级考试也是全系第一，得了92分。

我忽然想起他初二时贴满家里几乎每一个地方的那些小纸条。

大四的那一年，他考了托福和GRE，成绩分别是647分和2390分，考得都不错。都说分数是学生的命根，其实分数更是家长的命根，做家长的只有看着分数才踏实，我也一样，未能免俗。

我再次想起他初二时贴满家里几乎每一个地方的那些小纸条。

前两年搬家的时候，我发现厨房、房门、厕所……好多地方居然还保留着那些小纸条，只是颜色已经发黄，但蓝色圆珠笔写的英文字迹依然清晰，好像岁月在它们上面没有留下什么痕迹。

  十年过去了，孩子如今已经在美国读书。他的房间空荡荡的，却总能在他的茶杯或玩具的背后发现贴着当年他写着英文的小纸条。就让这些小纸条一直保留着吧，保留着那一份回忆和感情。

2004年年底写于北京

# 搬家记

  日子过得真快，一转眼，小铁去美国已经十年了。在这十年时间里，他搬了七次家。

  他的第一个家是还没有去美国的时候，在北京从网上预订的，说好一人一个房间，房租一人一半。室友是他北京大学的校友，虽然从未谋面，却应该算作他的师哥。师哥在麦迪逊机场接的他，帮他把行李搬到家里，家位于麦迪逊市区，靠近体育场的旁边，离他就读的大学很近。到了那里的时候已经是半夜，他的住处却是客厅，并不是一个独立的房间，师哥自己住一个房间。到美国的第一夜，小铁失眠了，心里很不舒服，有些受骗的感觉。在经济压力面前，都是穷留学生，已经顾不上什么校友了，面子是赶不上"票子"实用的。

　　这件事,他一直没有对我讲。一直到那年我第一次去美国看他,他特意带我看这间房子,才对我说起往事。这是个坐落在小山坡上的木结构的二层小楼,在我们这里要被尊称为"独栋别墅"。但是,这一带都是这样的房子,也大多租给了在附近读书的大学生。小铁就住在二层,正是黄昏,夕阳明亮地辉映在他曾经睡过的窗口。望着这扇窗口,我想起他来到这里第一次做饭,是煮面条,他往锅里放的水不多,却把整整一包面条都扔进锅里,怎么也无法煮熟。那天,他打电话给家里,问面条应该怎么煮。一个孩子,只有走出家门,离开父母,才会真正长大。总和父母在一起囚着,是不会长大的。

　　他告诉我,住进这里没几天,他就向室友提出,他愿意多付一些钱,从客厅里搬进了里面的房间。很快,他就搬进另一处住所。那该算作他第二次搬家,是学校的公寓。环境幽静,房子也宽敞了许多,每个学生有自己独立的房间,房间前是宽敞的草坪,可以在那里打球和烧烤,草坪紧靠着麦迪逊漂亮的湖。只是这里比他原来的住所远了许多,学校在湖的对岸。每天学校有班车运送他们往来。

　　那年去看小铁的时候,我也来到这里看过,湖畔起伏的坡地上,星罗棋布地散落着二层小楼,掩映在枫树和橡树之间。环境和房间都无可挑剔，就是买东西不太方便，需要下山到几公里以外的超市去。那时，小铁没有车，只好搭一位韩国同学的一辆"现代"一起去超市，采购一次，对付好长时间的吃用。老麻烦同学，他心里有些过意不去。第一年春节回家探亲，他对我说起这事，想买一辆二手车。我问他需要多少钱，他说美国的二手车很便宜，一般的车，车况比较好的，跑得年头不长的，五千美元左右，差一点的只要一两千美元。他返校后，我给他汇寄了五千美元，他买了一辆丰田佳美，是一辆跑了三年的二手车，但车不错，一直开到了现在。

  两年后，他开着这辆车从麦迪逊来到芝加哥。他考入了芝加哥大学读博，这是他第三次搬家。还是事先在网上预订的房子，不过，他多少有了经验，找的是学校管理的学生公寓，位于53街边的一栋"U"字形的三层楼房。公寓有三个大门，每个大门进去，每层楼里有各带厨房和卫生间的六个房间，每个房间二三十平方米不等，分别住着六个学生。小铁在宜家买了一个床垫，下面放几块木板，权且住了下来。虽然木板硌得他浑身难受，却还可以忍受。他住在二楼临街的一个房间，街对面有一个小广场，是个商业中心。他的楼下是底商，是一家咖啡馆。每天有咖啡的香味飘进窗来，也有震耳欲聋的音乐闯进窗来，那都是黑人停靠在街边的汽车里传出的肆无忌惮的摇滚乐。黑人开车喜欢敞开车窗，让摇滚乐尽情摇荡。小铁白天基本不在家，即使晚上也要去学校里的图书馆。但是，有时半夜里黑人开的车也会疾驰而过，依然有这样的音乐冲天回荡。这让爱好摇滚乐的他都有些受不了。他酝酿着再次搬家。

这次他找的还是学校的公寓，隔两条街的51街。因为53街有超市，是周围的小中心，所以比较热闹，51街没这么多店铺，相对清静一些。这是一处一室一厅的房子，客厅和卧室之间还有一条走廊连接，比原来的房子大出将近一倍，每月房租却只多一百美元。关键是不临街，他可以独享一下清静了。最有意思的是，他刚刚搬到这里来没几天，下楼就看见一套八成新的三人沙发扔在街上，他捡了回来，正好放在客厅里，来个同学借宿可以暂时在那里栖身。

总算安定下来，他对我说，再也不搬家了，太累了，所有的家具都是那个韩国同学和他的女友一起帮助他搬的。最沉的是书，可学生哪能没有书呢？一箱子一箱子的书，就这样搬来搬去，越搬越多，越搬越沉。搬家让他感受到生活沉重和孤独的一面，如果是北京，可以有这么多的亲人帮忙，在异国他乡，只有靠自己。他说他就像小时候看过的一部日本电影《狐狸的故事》里被老狐狸扔到野外的小狐狸，必须咬牙忍受并顶住面临的一切。

比孤独和沉重更厉害的是漂泊的感觉，他总觉得，一次次搬家如同迁徙的鸟一样，没有自己落栖之枝。在这样漂泊不定的生活中，他的心情和心理常常会出现一些焦躁和焦虑的波动。我发现这一点，但我并没有意识到这是一个问题。

我说，这是你必须付出的代价。比起你的出国留学的前辈，你的条件好多了，如果和我年轻时在北大荒插队的艰苦相比，就更是天壤之别。可是，这样的说教是难以说服并打动他的，比起他的前辈和我们这一代来，青春期成长的时代背景和心理背景，都是那样不同，这个不同，主要体现在：他和他的同学都是属于独生子女的特殊一代。

独生子女一代已经长大了，而真正成为新的一代。他们再不是孩子那样充满天真和可爱，那样笔管条直地听话了。这样的事实，让我有些触目惊心，如何面对、沟通、帮助这样在我国数千年历史中独一无二的一代孩子，让我有些准备不足，甚至有些力不从心。

我知道，作为国策，独生子女最早始于20世纪70年代末。其中最大年龄者，恰恰是小铁这样大的孩子。他们很快到了而立之年，三十年过去了，新的一代随日子一起长大，成为不可回避、必须正视的现实。独生子女一代，改变了我国的人口结构，由此也使得社会的构架、心理和性格以及流通的血脉同时产生了潜移默化的变化。更为重要的是，独生子女一代是和社会变革的新时代几乎同步伴生的，独生子女一代是和商业时代的到来一起成长的。他们和他们的父母一代成长的背景，是那么不同，在社会和时代动荡、激烈碰撞的重要转折时刻，他们如种子播撒在了中国新翻耕的土壤中。命中注定，独生子女一代的成长，在得到得天独厚的优越的生活和教育条件的同时，其自身的心理也容易产生新的种种问题，是他们，也是他们的父母乃至全社会无可预料的、缺少准备的，却又是必须面对的。

这样，就不仅需要作为家长的我们和孩子的努力，也需要新的时代和全社会的调试、适应和引导，偏偏商业社会的到来使得原有的价值体系颠覆，他们的上一代正处于摸着石头过河的迷茫和探索之中，代际隔阂与矛盾便由此而越发隔膜和加深。由于上一代对独生子女的望子成龙期望值超重，也由于独生子女自身无根感带来的迷茫与失重，两代之间，都会出现种种或深或浅的矛盾冲突与分裂。面对独生子女一代所出现的整体的心理与性格问题，作为家长确实缺乏足够的研究与应对措施。所以，人们曾说这是"孩子的青春期遇上了父母的更年期"，是"老革命遇到了新问题"。应该说，代际矛盾是在每个时代普遍存在的，但面对中国社会崭新的独生子女一代，却是开天辟地的头一次，其矛盾的深刻而独特，可以说是世界独具。如何化解这种矛盾，解决两代人彼此的心理问题，沟通两代人之间的关系与情感，已经成为刻不容缓的课题。

几次在美国看望小铁的时候，我常常和他进行这样的交流，有时是争执。有时，我会反思自己，也许我并不真正理解孩子在异国他乡求学的苦处，他有奖学金，经济上并没有困难，但是更为重要的离开家那么遥远的精神上的痛苦和心理上的苦闷，我无法设身处地地想象，也缺少足够的理解。作为家长，也许更多的是为他出国留学并在一所不错的大学里读书而骄傲，而多出一些虚荣心。

五年之后，小铁开始第五次搬家。因为学习和工作关系，他要在普林斯顿住一段时间。事先，利用假期，他先从芝加哥飞到普林斯顿，在普林斯顿大学的附近看了一圈房子，最后预订下一处。这是一幢独栋的二层小楼，每层住有四户，每户一室一厅一卫。他选择的东南角，卧室窗户面南，客厅窗户面东，应该是最好的位置了，可以尽情享受阳光。还有一个宽敞的阳台，阳台前是开阔的草坪和雪松，再前面是一条清澈的小河。这里的环境和居住的条件，比在芝加哥强多了。我对他说："你要知足常乐！"

寒假，他开车从芝加哥出发，向普林斯顿进行长途跋涉。等于从美国的中部向东海岸横穿半个美国。车塞满了行李和书籍。而此时，普林斯顿租的房间里还空空如也，什么东西也没有呢。在他临出发前打电话回家的时候，我问他："连张床都没有，到了那儿睡什么地方？"他说带了个充气的床垫。这个充气床垫是他在美国旅行时常带的东西，说起它，我想起有一次，他去纽约玩，住在长岛的同学家，带去了这个床垫，却忘了带充气口的塞子，没法子用了。我嘱咐他别再忘了那个塞子。

到达匹兹堡，他住了两天，在那里参观了匹兹堡大学和美术馆。从匹兹堡到普林斯顿大约有六个小时的车程。早晨，离开匹兹堡前，他在网上查到普林斯顿正好有个人要卖一张床，便立刻联系好，到达普林斯顿先去看床。到达普林斯顿是黄昏，见到的是一位在普林斯顿一家公司工作的非洲女子，公司要派她回非洲分公司工作。床很不错，他当场买下，非洲人把她的所有餐具和灯具一起送给了小铁。睡觉的问题，那么容易就解决了。带来的充气床垫没有了用场。只是发愁这张大床可怎么运回家，一个瘦弱的非洲女子，手无缚鸡之力，显然帮不了他的忙。

非常巧，那天是当地的搬家日，很多人家都在卖东西，因为周围居住的大多是在附近公司工作的人员和大学生，都来自世界各地，流动性很大，卖各种家用品的很多，小铁很方便地就从一个日本人那里买了一台电视机和一台DVD机，又从一个印度人那里买了一张真皮沙发和一张桌子。包括床在内，所有这些东西总共花了一千多美元，居家过日子的日常用品，一天之内都置备齐全了。我对他说，这比在国内都便宜，还方便了。

下面他要想办法把这些家伙搬回家。在镇中心吃晚饭的时候，顺便打听到这里有一家汽车租赁公司，专门可以租大型汽车，按所跑的公里收费。他找到了这家租赁公司。只是这种没鼻子的大型汽车他从来没开过，愣是坐上去，看了看仪表盘，一咬牙豁出去了，便也把车开走，把这些家具都运回家。如果在家里，一切都需要家里帮忙了，但是，在美国，现实生活磨炼了他，他必须面对，因为他知道，不会有人帮助他。

晚上运送家具的时候，普林斯顿下起了雨，说心里话，我挺担心的，毕竟他头一次开着那么个大家伙，路滑天黑的，生怕他出什么意外。不过，这种担心起不到一点作用，相反只会增加他的负担，不如把担心变为鼓励，让他鼓足勇气去应对一切意想不到的困难。对于独生子女，家长容易事无巨细地担心和事必躬亲地越俎代庖，有时不是爱孩子，相反容易让孩子弱不禁风，缺乏了生活和生存的能力。

我很高兴小铁有能力独自去应对这一切，想象着雨刷在车窗前挥舞，车灯穿透雨雾，小铁开着笨重的大车行驶在普林斯顿的林荫道的时候，心里感到孩子真的长大了。

第二年的春天，我再次去美国看望小铁，有一天，他特意开车带我看当年搬家时租车的那家汽车租赁公司。它离普林斯顿的中心不远，门口停放着几辆大货车，不知哪辆是小铁曾经租过的车。

日子过得飞快，他在普林斯顿度过了整整五年的时光。在这五年中，他又搬过一次家，不过不远，是一套两居室，有宽敞的客厅，还有一个阁楼。他住得宽敞多了，因为他已经新添了孩子。

我离开美国不久，刚入冬，小铁第七次搬家了。他在印第安纳大学教书，全家要搬到布卢明顿大学城。这一次，联系好了搬家公司，定好了日期，把家里的东西包括车，统统都交给了搬家公司负责，一切都比前几次搬家简单了许多。谁想到，这时候，赶上了纽约和新泽西州遇到百年不遇的"桑迪"飓风，一下子遭遇停电，所有的店铺关门，搬家公司也联系不上。眼瞅着搬家的日子到了，眼前却是一抹黑，让人忧心忡忡。谁想到，就在搬家日的前一天，电来了，搬家公司联系上了，天也晴了。一切如约进行，有惊无险，和风暴擦肩而过。

如今，小铁在布卢明顿的新居已经住了两年。今年夏天，我来这里看他。新居比以前所有的住处都要宽敞明亮，房前屋后还有开阔的草坪。有意思的是，好像小铁并没有把这里当成自己最后的安营扎寨之地。那天，他请来工人帮他彻底修窗户、查房顶，我问他："干吗这样兴师动众？"他说："得修好，要不以后房子不好卖。"刚刚两年，他就想着卖房子了。不过想想，也很正常，在美国，工作的流动性很大，搬家成为很多人的常事。流水不腐，生命就像水一样，在流动中保持活力，人生就像水一样，在流动中成长，真的是岁月如流，人生如流。

2014年8月5日写毕于布卢明顿

# 被雨打湿的杜甫

我害怕那样的时刻,又渴望那样的时刻。

落在身上的目光,既像芒刺,也像花开。

# 麦秸垛和豆秸垛

在北大荒插队的时候,我只留意过豆秸垛,没有怎么留意麦秸垛。那时候,队上每家的房前屋后最起码都要堆上一个豆秸垛,很少见有麦秸垛的。我们知青的食堂前面,左右要对称地堆上两个豆秸垛,高高的,高过房子,快赶上白杨树了。这些豆秸,要用整整一年,烧火做饭,烧炕取暖,都要靠它。

麦秸垛,一般都只是堆在马号牛号旁,喂牲畜用,不会用它烧火做饭,因为它没有豆秸耐烧,往灶膛里塞满麦秸,一阵火苗过后,很快就烧干净了,只剩下一堆灰烬,徒有热情,没有耐力。

返城后很多年,看到了凡·高的速写和莫奈的油画,有很多幅画的都是麦秸垛，一堆堆，圆乎乎，胖墩墩，蹲在收割后的麦田里，闪烁着金子般的光。这才发现麦秸垛挺漂亮的，只不过当初忽略了它的存在，只顾着实用主义的烧火做饭、烧炕取暖，不懂得它还可以入画，成为审美的浪漫主义的作品。

后来看到一部文学作品，大概是铁凝的小说，她称麦秸垛是矗立在大地上的女人的乳房。这样的比喻，我从来没有想到过，尽管我在北大荒经历过好多年的麦收。我不得不承认，这个比喻新鲜，充满乡土气息和人情味，让我忍不住想起当年在北大荒一望无际的麦田里，弯腰挥舞镰刀，抖动着大乳房的当地能干的妇女。

再后来，我看到聂绀弩的诗，他写的是北大荒的麦秸垛："麦垛千堆又万堆，长城迤逦复迂回。散兵线上黄金满，金字塔边赤日辉。"他写得要昂扬多了，长城、黄金和金字塔的一连串的比喻，总觉得压在麦秸垛上会让麦秸垛力不胜荷。不过，也确实惭愧，当年在北大荒收麦子时缺乏这样的想象力。

但是，对于豆秸垛，我多少还是有些想象的，那时看它圆圆的顶，结实的底座，阳光照射下，一个高个儿又挺拔的女人似的，丰乳肥臀，那么给你提气。当然，比起麦秸垛的金碧辉煌，豆秸垛灰头土脸的，像土拨鼠的皮毛。

只有到了大雪覆盖的时候,我才会为它扬眉吐气,因为那时候,它像我儿时堆起的雪人。

用豆秸,是有讲究的,会用的,一般都是用三股叉从豆秸垛底下扒,扒下一层,上面的豆秸会自动地落下来,填补到下面来,绝对不会自己从上面塌下来。在这一点上,麦秸垛是无法与之相比的,如果是麦秸垛,早就像一摊稀泥一样,坍塌得一塌糊涂,因为麦秸太滑,又没有豆秸枝杈的相互勾连。所以,就是一冬一春快烧完了,豆秸垛都会保持着原来那圆圆的顶子,就像冰雕融化时候那样,即使有些悲,也有些壮的样子,一点一点地融化,最后将自己的形象湿润而温暖地融化在空气中。

因此,垛豆秸垛和垛麦秸垛,是完全两回事。垛豆秸垛,在北大荒是一门本事,不亚于砌房子,一层一层的砖往上垒的劲头和意思,与一层一层豆秸往上垛,是一个样的,得要手艺。一般我们知青能够跟着车去收割完豆子的地里拉豆秸回来,但垛豆秸垛这活儿,都得等老农来干。在我看来,会垛它的,会使用它的,都是富有艺术感的人。在质朴的艺术感方面,老农永远是我的老师。

不能怪我偏心眼儿,对豆秸垛充满感情。对于麦秸垛,我的心里有一道迈不过去的坎儿。尽管看过了凡·高和莫奈的画,看过了铁凝的小说和聂绀弩的诗,还是提不起足够的精神，用他们那种独有的审美眼光，重新审视麦秸垛，然后从容地迈过这个坎儿。

我怎么也忘不了，四十五年前，在北大荒的麦收时节，打夜班收麦子，一名北京女知青，因为一连几夜没睡觉，太困了，倒在麦地的一个麦秸垛里睡着了。那时候，联合收割机在麦地里收好麦子顺便就脱好谷，剩下的麦秸，就地垒成小小的麦秸垛，等天亮时马车来拉走，拉到马号牛号去，或者是麦收后一把火把它烧净。大概怕着凉，这个女知青顺手在自己的身上盖了一层麦秸。一片金灿灿的麦秸在月光下闪光，收割机开了过来准备拐弯去收割下一片麦田的时候，以为真的是一个小小的麦秸垛，便开了过去，从她的腰间无情地压了过去。

我常想起我们农场那个躺在麦秸垛里被收割机压伤腰的女知青。在那一群女知青中，她长得很出众，高高的身条儿，秀气的面庞。如今只要一想起麦秸垛，我的眼前就忍不住浮现出她青春时如花似玉的样子。回北京这么多年，我只见过她一次，是个夏天的黄昏，她一个人扶着墙艰难地向胡同口的公共厕所走去。我很难忘记那个夕阳中拖长的蹒跚的身影，我不敢招呼她，我怕引起她对往事的伤怀。我的心真是万箭穿心，不知道她恨不恨那个麦秸垛，我恨透了麦秸垛。

我知道，这是我的偏颇，麦秸垛是无辜的，只不过因为有我的感情在里面而变得伤感。即使我无法像凡·高、莫奈、铁凝和聂绀弩一样，赋予麦秸垛那样多的诗情画意，但坦率地讲，北大荒的麦秸垛和豆秸垛，都让我无法忘怀，是它们让我看到了生活中的美好与艰辛，看到了青春如风，流年似水，它们成为我抹不去的回忆背景。

              2014年8月12日

# 北大荒的教育诗

重返北大荒,农场的场部,建起了许多新房子,我已经分辨不出原来学校的位置应该在什么地方了。场长把我带到离场部很远的一条路边,雨后的路翻浆翻得很厉害,两道车辙很深,弯弯曲曲地伸向前方,前方是一片绿荫蒙蒙,在阳光下闪着迷离的光,像是《绿野仙踪》里某个场景。场长指指那一团绿色的地方,对我说:"那里就是原来学校所在的地方。"

原来的学校在场部工程队的后面,是一个四方形的校园,没有围墙,四面都是房子,天然围成了一个开放型的校区。我就在靠西的那一排房子中的一间教室里教一个高二班的语文。在这所学校里,我最得意的事情,是在班上成立了一个文学小组。最初,我组织这个文学小组的一个主要目的,是当时班上的一个男学生非常调皮,上课时候他捣乱,我批评他,他坐在靠窗的座位上,不高兴了,就翻身一跃,从窗户跳到外面,你追到教室外的时候,他早跑没影儿了。我让他当我语文课的课代表,然后当文学小组的组长,每次活动的时候,负责招呼同学。我希望引起他对语文的兴趣,树立起学习的信心。我发现他当上了这个课代表和小组长之后,比班上别的干部还要负责,大小事,都是他张罗,颇像那么回事。开始,参加小组活动的人有十几个,后来到了二十多个,全班一半以上的同学都参加了,不能不说是当时学校的一大新闻。

那时,还没有电视,晚上的文化活动很少,他们并不清楚文学小组究竟是干什么的,只是当成了一种娱乐,无形中让寂寞的晚上多了一些调剂的内容。

那时,他们是多么的小,而我也还算得上年轻。对于我的课代表,我记得最多也最清楚的是,有一天晚上,天忽然下起了暴雨,我还是先到教室里来了,但望着窗外的暴雨如注,雷电闪动,心里对这晚上的文学小组活动不抱什么希望了。这么大的雨,通往学校的路都是泥路,早都成坑坑洼洼的泥泞一片了,而且没有一盏路灯,黑漆漆的,吓人。即使孩子想来,家长也不让来了吧。可是,同学们竟然还是来了,最早来的是我的课代表。他说:"当时你坐在讲台桌上。"——我想起来了,我是坐在讲台桌上,当我看到我的课代表披着一件厚厚的军用大雨衣,打着手电筒,出现在教室门口的时候,我高兴得一下子从讲台桌上蹦到了地上。没过多大一会儿,同学们打伞的打伞,穿雨衣的穿雨衣,陆陆续续地来齐了。手电筒在暴雨中忽闪忽闪的,让那个夏天暴雨的夜晚充满暖意。

"当时,你对我们说,这暴雨中的手电光,就是诗。"我的课代表现在还清晰地记得,他这样对我说。他说得没错,或者说我当时说得没错,那就是诗。那是属于他们的诗,也是属于我的教育诗。

他还对我说:"还有一天晚上,场部里演露天电影,就在工程队的院子里,离学校很近,能够从我们教室的窗户里看到那里银幕上的闪动,听见电影里的声音。那天晚上我们文学小组活动,没有一个同学去看电影,相反,后来我们的活动倒把好多看电影的人吸引了过来,跑到教室里听你讲诗。"

这件事情,我倒是真忘得一干二净了。真的吗?我有些不相信。

但他肯定地说:"保证没有错。我记得特别清楚,那天晚上演的是罗马尼亚的电影《多瑙河之波》。"

许多往事，自己早已经忘记，沉睡在过去的阴影里，往往是别人的回忆把它们唤醒。别人的回忆像光一样照亮它们，照亮自己的回忆，它们才会这样像鱼一样游来游去，游到我的面前，带来过去年月里水花的湿润、水草的腥味，还有那时的星光月色映照在水面上的粼粼闪光。

我真的非常怀念我在学校的那段日子，怀念那个暴雨如注的夜晚，怀念那个演罗马尼亚电影《多瑙河之波》的夜晚，怀念所有那些个有星星或是没有星星，有风雪或是没有风雪的夜晚。当我站在这个翻浆的路口，望着那片绿荫蒙蒙的时候，那些个夜晚，又开始一一出现了，像是春天的地气一样，在遥远的地平线上袅袅地升起来，弥漫在我的身旁，让我觉得那些个夜晚是那样真实，可触可摸，含温带热，甚至能够感受到它们涌动的气息，春水里冒出的气泡似的，汩汩地涌到身边，温馨而动人。

*2004年夏写于北大荒归来*

# 被雨打湿的杜甫

初三那一年,我们都是十五岁的少年。暑假里,雨下得格外勤,哪儿也去不了,只好窝在家里,望着窗外发呆。看着大雨如注,顺着房檐倾泻如瀑;或看着小雨淅沥,在院子的地上溅起,像鱼嘴里吐出的细细的水泡。

那时候,我最盼望的就是雨赶紧停下来,我就可以出去找朋友玩。当然,这个朋友,指的是她。那时候,她住在我们大院斜对门的另一座大院里,走不了几步就到,但是,雨阻隔了我们。冒着大雨出现在一个不是自己家的大院里,找一个女孩子,总是招人注目的,尤其是她那个大院,住的全是军人或干部的人家,和住着平民人家的我们大院,是两个阶层。在旁人看来,我和她,像是童话里说的公主与贫儿。

那时候,我真的不如她的胆子大。整个暑假,她常常跑到我们院子里找我。在我家窄小的桌前,一聊聊上半天,海阔天空,什么都聊。那时候,她喜欢物理,梦想当一个科学家。我爱上文学,梦想当一个作家。我们聊得最多的,是物理和文学,是居里夫人,是契诃夫与冰心。显然,我的文学常会战胜她的物理。我常会对她讲起我刚刚读过的小说,朗读我新看的诗歌,看到她睁大眼睛望着我,专心地听我讲话的时候,我特别地自以为是,扬扬自得,常常会在这种时刻舒展一下腰身。

不知什么时候,屋子里光线变暗,父亲或母亲将灯点亮。黄昏到了,她才会离开我家。我起身送她,因为我家住在大院最里面,一路要逶迤走过一条长长的甬道,几乎所有人家的窗前都会趴有人头,好奇地望着我们两人,那眼光芒刺般落在我们的身上。我和她都会低着头,把脚步加快,可那甬道却显得像是几何题上加长的延长线。我害怕那样的时刻,又渴望那样的时刻。落在身上的目光,既像芒刺,也像花开。

雨下得由大变小的时候,我常常会产生一种幻想:她撑着一把雨伞,突然走进我们大院,走过那条长长的甬道,走到我家的窗前。那种幻觉,就像刚刚读过的戴望舒的

《雨巷》，她就是那个丁香一样的姑娘。少年的心思，是多么的可笑，又是多么的美好。

下雨之前，她刚从我这里拿走一本长篇小说《晋阳秋》。现在，我已经完全忘记了这本书是谁写的，写的内容又是什么了。但是，我清楚地记得，是《晋阳秋》。《晋阳秋》是那个雨季里出现的意外信使，是那个从少年到青春季里灵光一闪的象征物。

这场一连下了好几天的雨，终于停了。蜗牛和太阳一起出来，爬上我们大院的墙头。她却没有出现在我们大院里。我想，可能还要等一天吧，女孩子矜持。可是，等了两天，她还没有来。我想，可能还要再等几天吧，《晋阳秋》这本书挺厚的，她还没有看完。可是，又等了好几天，她还是没有来。

我有些着急了，倒不仅仅因为《晋阳秋》是我借来的，到了该还人家的时候，而是，为什么这么多天过去了，她还没有出现在我们大院里？雨，早停了。

我很想找她，几次走到她家大院的大门前，又止住了脚步。浅薄的自尊心和虚荣心，比雨还要厉害地阻止了我的脚步。我生自己的气，也生她的气，甚至小心眼儿地觉得，我们的友谊可能到这里就结束了。

直到暑假结束的前一天下午，她才出现在我的家里。

那天，天又下起了雨，不大，如丝似缕，却很密，没有一点停的意思。她撑着一把伞，走到我家门前。那时，我正坐在我家门前的马扎上，就着外面的光亮，往笔记本上抄诗，没有想到会是她，这么多天对她的埋怨，立刻一扫而空。我站起来，看见她手里拿着那本《晋阳秋》，伸出手要拿过那本书，她却没有给我。这让我有些奇怪。她不好意思地对我说："真对不起，我把书弄湿了，你还能还给人家吗？这几天，我本想买一本新书的，可是，我找了好几家新华书店，都没有买到这本书。"

原来是这样，她一直不好意思来找我，是因为下雨天，她坐在家里走廊前看这本书，不小心，书掉在地上，正好落在院子里的雨水里。书真的湿得挺狼狈的，书页湿了又干，都打了卷。

我拿过书，对她说："这你得受罚！"

她望着我问："怎么个罚法？"

我把手中的笔记本递给她，罚她帮我抄一首诗。

她笑了，坐在马扎上，问我抄什么诗。我回身递给她一本《杜甫诗选》，对她说："就抄杜甫的，随便你选。"她说了句："我可没有你的字写得好看。"就开始在笔记本上抄诗。她抄的是《登高》。抄完了之后，她忙着起身，笔记本掉在门外的地上，幸亏雨不大，只打湿了"无边落木萧萧下，不尽长江滚滚来"那句。她不好意思地对我说："你看我，在同一个地方摔倒了两次。"

其实，我罚她抄诗，并不是一时兴起。整个暑假，我都惦记着这个事，我很希望她在我的笔记本上抄下一首诗。那时候，我们没有通过信，我想留下她的字迹，留下一份纪念。那时候，小孩子的心思，就是这样诡计多端。

读高中后，她住校，我和她开始通信，一直通到我们分别都去插队。字的留念，再不是诗的短短几行，而是如长长的流水，流过我们整个青春岁月。只是，如今那些信都已经散失，一个字都没有保存下来。倒是这个笔记本幸运存活到了现在。那首《登高》被雨打湿的痕迹还很清晰，好像五十多年的时间没有流逝，那个暑假的雨，依然扑打在我们身上和杜甫的诗上。

2015年4月10日写于北京

# 礼花三章

一

小时候，总觉得过国庆节一定要看礼花，就像饺子是大年三十的象征一样，礼花是国庆节的象征。那时候，我家住在北京前门外，站在我家的房顶上，一眼就可以看见天安门广场，大约晚上八点以后，就听见轰轰一响，第一拨礼花腾空而起，感觉礼花就绽放在头顶。

上中学的时候，国庆节多了一个节目，就是要到天安门广场上跳集体舞。我们是男校，要和女校的同学配对一起练习。男同学站外圈，女同学站里圈，一曲之后，里圈的女同学上前一步，后面的另一个女同学上来，一场练习下来,走马灯一样换好多个女舞伴。高一那一年的国庆节,是新中国成立十五周年,晚上,在天安门广场上跳集体舞,换上来一位女同学,相互一看,都禁不住叫了起来,原来是小学同学,分别将近四年,竟然在这里见面,忍不住边跳边聊,礼花映照着她那青春的脸庞,那一曲舞曲显得格外地短。那一晚的集体舞,总盼着她能够再换上来,却再也没有见到她换上来。

但是,我们却联系上了。高中三年里,我们成了好朋友,每逢星期天,她都会到我家来,一聊聊到黄昏时分。我送她回家,一直送到前门22路公共汽车站,一直送到上高三。就是在这个22路公共汽车站,她伸出手来和我握手,祝福我们都能考上一个好大学。那竟然是我们认识以来唯有的一次握手。

高三毕业那一年,赶上了"文化大革命",我们都去了北大荒,却人分两地,音信杳无。我们再一次见面的时候,是十四年后的1980年,她考上了"哈军工",要到上海实习,从哈尔滨到北京回家看看,竟然给我打通了电话,相约一定见个面。正是国庆节前夕,她说就国庆节晚上在前门的22路公共汽车站吧,那里好找,晚上还可以一起看看礼花。意外的相逢,让我们都分外惊喜,那一晚在我们头顶绽放的礼花格外灿烂,让我经常想起,仿佛昨天。

## 二

  1968年的夏天,我去北大荒。国庆节歇工,那天清早,天上飘起了细碎的雪花,让我很是惊奇。那时候,我刚离开家两个多月,想家,这一天的晚上,该是上房顶看礼花绽放的。而在这里,天远地远,哪里有一点过节热闹的影子,更别说礼花开满夜空了。

  这时候,生产队开铁牛的老董,正在发动他的宝贝,我们问他:国庆节不休息,这是要到哪儿去?他说到富锦给大家采购东西,晚上队上会餐时好吃。我和伙伴们想去富锦买礼花,就爬上了他的铁牛的后车斗。

  老董是复员军人,和我们知青关系很好,拉着我们往富锦跑,雪花沾衣即化,铺在路上,却已经霜一样白皑皑一片了。这样雪白的国庆节,在以后的日子里,我再也没有遇到过。富锦是离我们最近的县城,铁牛跑了小半天才跑到那里。谁知好多家商店过节都休息,好不容易找到一家开门的,没有礼花卖,我和伙伴们着急买礼花,到处转悠,终于看到卖烟花爆竹的地方,不管三七二十一,买了一大堆,跟着老董轰隆隆的铁牛跑回队里。

  那一晚,队上杀了一头猪,满锅的杀猪菜,饱餐一顿,

131

酒酣耳热过后，全队的人都围到了场院上，等着我们放礼花。那一大堆礼花，一路下雪受潮，怎么也点不着，急得我们一头汗。老董大声喊着小心，跑过来替我们点燃。当那礼花终于腾空而起绽放开来，大家都欢叫了起来。尽管，那些礼花都很简单，只是在天上翻了一个跟头就下来了，但在细碎的雪花映衬下，和北京的不一样呢。不一样，就在于它们像是沾上了雪花一样，湿润而晶莹。

三十六年之后，2004年，我重返北大荒，又回到队上，那曾经伴着雪花燃放礼花的场院，盖起了一排砖房，成了宽敞的队部。

2014年夏天，我的伙伴有回北大荒的，发来短信告诉我，不光队部不在了，队上所有的房子都不在了，人们都搬到了场部的楼房里了。心想，国庆节再放礼花，得到场部去了。不过，买礼花不用再跑那么远到富锦了，现在场部就跟一个小县城一样，买什么东西都应有尽有。

三

去年的国庆节，我是在美国过的。世界上所有国家的国庆节都要放礼花的，美国的国庆节也不例外，只是在美国过我们的国庆节，像是倒上一杯酒自饮自乐，美国人顾不上我们，所谓一畦萝卜一畦菜，自家的节日自家爱。

毕竟是我们的节日，得自己操心。国庆节，怎么也得放礼花。好在这里买礼花很方便，而且比在中国买便宜，尽管全都是产自中国的。国庆节的晚上，自家人饮一杯酒庆祝之后，捧着一摞礼花，带着孩子走出房门，准备放礼花。四周静悄悄，星光不多，上弦月一弯，墨染一样的夜空，成了礼花登场的最好舞台。尽管买的礼花远没有天安门广场上的礼花那样大气磅礴，瞬间占据整个夜空，却也让夜空多了几分别样的风姿。

就在我们的几个礼花刚刚绽放完时，就看见邻居家的房门开了，夜色中穿过草坪，匆匆地走过来一个高大的身影，一直走到我们的身边。他手里拿着一个圆筒般的东西，笑吟吟地递给我们。原来是一枚硕大的礼花，他说是过美国国庆节时没有放完，看见我们正在放礼花，就赶紧找了出来，让我们一起放。他是个英国人，太太是美国人，结婚之后来到了这里。他知道这天是我们中国的国庆节。

我们谢过他，他站在我们的旁边，看我们点燃他拿来的那枚硕大的礼花，那枚礼花像蹿天猴一样飞上天空中，先是一声礼炮一样的巨响，然后伞一样地打开，垂下金丝菊一样的花瓣，纷纷如雨而下。大家都叫了起来。他的这枚礼花，给这个异乡的国庆节增添了别样的色彩。

今年的国庆节又要到了,我仍然在美国这座小城。我们买了好多礼花,准备在国庆节的晚上放。不知道这位好心而热心的英国人,还能不能再为我们增添一枚别样的礼花,不是我贪心,是我喜欢那种感觉。

2014 年 9 月 22 日写毕于布卢明顿

# 借书记

三十三年前，1971年的冬天，我正在队里的猪号里干活，那天晚上，刮起了铺天盖地的大烟泡儿，饲养棚的门被推开了，是我的一个在场部兽医站工作的同学。从那里到我这里，走了整整十八里的风雪之路。他是特意来找我的，我以为出了什么事情。

他不容分说，匆忙地拉着我就走，外边的雪下得正猛，我们两人冲进风雪中，白茫茫的一片立刻就吞没了我们。

一路上，我才知道，他们兽医站有一个叫曹大肚子的人，是钉马掌的，不知怎么听说我特别想看书，就在那天晚上要下班的时候，曹大肚子对我的这个同学讲："你让你的那个同学肖复兴来找我！他不是爱看书吗？"

虽然对这个曹大肚子心存疑惑，但也想着那里备不住会藏龙卧虎。我们两人急匆匆往兽医站赶。第二天一清早，曹大肚子出现在我们的面前，同学向他介绍我的时候，我看出他有几分惊讶。没有想到风雪之中我们是如此神速。

第一印象是很深刻的，他中等个儿，很胖，穿着一身旧军装，挺着小山般凸起的大肚子，双手背在身后，眼睛望着上面，似乎根本没有看我，有几分傲慢地问我："你都想看什么书呀？写个书单子给我吧！"

我当时心想，莫非这家伙真是有藏书，还是驴死不倒架，摆这个派头？因为我知道他以前是我们农场办公室的主任，当过志愿军，1958年随十万转业官兵到北大荒，"文化大革命"中倒了霉，被打成走资派批斗之后，发配到兽医站钉马掌。但他的口气似乎不容置疑，半信半疑之中，我写下三本书的书名。到现在我依然清晰地记得：一本是亚里士多德的《诗学》，一本是伊萨科夫斯基的《谈诗的技巧》，一本是艾青的《诗论》。说老实话，我心里是想为难他一下，别那么牛，这三本书就是在北京当时也不好找，别说在这荒凉的北大荒了。

谁想到，第二天一清早，他把用报纸包着的三本书递到我的手中，打开一看，居然一本不差。我对他不敢小看，不知水到底有多深。

在北大荒最后的两年，曹大肚子那里成了我的图书馆。但是，每一次借书，他都要我写个书单子，他回家去找，这成了一个雷打不动的规矩。一般他都能够找到，如果找不到，他就替我找几本相似的书借我。他从不邀请我到他家直接借书。我也理解，既然藏着这么多的书，他肯定不想让人知道，要知道那时候这些书都是属于"封资修"，谁想惹火烧身呀？我便和他一直保持着这样的借书关系，每一次都跟地下工作者在秘密交换情报似的。

我心里总是充满着好奇，这家伙到底藏着多少书，便心痒痒的，总想到他家里去看个究竟。这样的念头就像是皮球一次次被我按进水里，又一次次地浮出水面。

1974年的春天，我离开了北大荒，就在我离开之前的那年秋天，我下决心"不请自来"地到他家里去一探虚实。到现在也忘不了那个晚上，我刚刚推开他家的篱笆门，一条大黄狗就汪汪叫着扑了上来，一口咬在我的右腿上，把我扑倒在地。曹大肚子两口子闻声跑了出来，一看是我，把狗唤住牵过去后忙问："咬着没有？"幸亏我穿着毛裤，才没咬到我的肉。不过，外面的裤子和里面的秋裤都被咬了个大口子。曹大肚子只好无可奈何地把我迎进门。

一进屋，我就四下打量，一间屋子半间炕，几把破椅子，一个长条柜，那些书都藏在哪里呢？曹大肚子知道我到他家来的目的,却还是像平常那样不动声色,递给我一张纸和一支笔,依然是老规矩,让我先写书名,然后拿起我写的书单子,没有任何表情地说了一句:"我帮你找找看。"看来我被他家狗咬的惊险举动,根本没有感动他。

那次,我写的是陈登科的《风雷》、费定的《城与年》等几本书的书名。他让我等等,自己一个人走出了屋。他老婆在里屋踩着缝纫机替我补被狗咬破的裤子,一时没注意我,缝纫机的声音很响,像是我怦怦的心跳声。我犹豫了一下,还是穿着一条秋裤,悄悄地跟着他走出了屋,只见他走进他家屋旁的一间小偏厦,那是一般家里放杂物和蔬菜的仓库。门很矮,他凸起的大肚子很碍事,弯腰走进去有些艰难。看他走进去了半天,我在犹豫是不是也跟着进去。那条大黄狗正吐着舌头,蹲在偏厦门口不远的地方,恶狠狠地望着我。我到底还是挡不住好奇心的诱惑,豁出去了,走了过去,一边走一边胆战心惊地望着那狗,还好,它没叫唤,也没扑过来。

走进偏厦一看,好家伙,满满一地都是用木板钉的箱子,足足有十几个,里面装的都是书。那一刻,我真的有些震惊,想不到一个老北大荒人,在那样偏僻的地方,居然能够拥有那么多的书,而且把这么多的书藏了下来,心里暗想,这得花多少工夫、精力和财力才能够做到啊!

曹大肚子正俯着身子，聚精会神地替我找书。我站在他的身后好久，他居然没有发现。门敞开着，风吹进来，吹得马灯的灯芯也弓了起来，和他胖胖弯腰的影子一起映在墙壁上，很像是一幅浓重的油画。

这时候，他回过头来，看见了我，他先是惊讶地眉毛一跳，然后嘿嘿一笑，我也跟着他嘿嘿一笑。那一刻，我到现在还清晰地记得，他的手正从箱子里拿出一本陈登科的《风雷》。

从此，他家对我门户开放。我非常感谢他和他的那些书，在那些充满寂寞的书荒的日子里，他家的那些书奇迹般地出现，让我感到荒凉的北大荒神奇的一面，让我对书、对这片土地不敢小视、不敢怠慢、不敢轻薄，让那些日子有了丰富而温暖的回声。

# 颠簸的记忆

没错,那一年,我九岁。我记得很清楚,那时,我正上小学二年级。火车第一次驶进我的生命里,是那一年的暑假,我坐火车到包头去看姐姐。虽然那时我家住在前门外,紧靠着老的前门火车站,成天看见火车拉响着汽笛跑来跑去,但我还没坐过火车。我对火车充满感情,因为姐姐就在铁路局工作,又因为那火车可以带我去看姐姐,便更对火车充满向往。

我几乎天天都吵着要去看姐姐。姐姐已经离开北京四年了,她在包头结了婚,有了孩子。我觉得那时我最想的就是姐姐。当然,姐姐也想我,她最后对爸爸说:就让复兴来吧,上车托付给列车员应该没问题。爸爸觉得还是有问题。就那么巧，我们大院里有一个大姐姐那一年暑假刚刚从幼儿师范毕业，想在工作之前去呼和浩特看望她的哥哥。爸爸把我托付给了她。我很愿意和她一起，因为她长得很漂亮，还会拉手风琴唱歌。平常我们小孩子玩的时候，我总是希望她能够来和我们一起玩，只是她总是很忙，即使不忙，她也总是很高傲的样子，好像不太瞧得起我们小孩子。现在，她终于和我一起坐火车了，要坐整整一夜外带半个白天的火车。

我们一起坐上了火车，是硬座，那时的硬座是真正的硬座，光光的木板，一片一片地拼起来，黄色的漆很亮。车开了，能看到火车头喷出的白烟，袅袅地飘荡在我们的窗前。一切显得那么新鲜。我们上了车没多久天就黑了，当车窗外扑闪而过的灯光如流萤和过山洞幽深莫测的新奇过去之后，我糊里糊涂地睡着了，一觉醒来发现自己的头倒在她的怀里。车厢微醺似的晃动着，她也睡着了，我能够感觉到她均匀的呼吸像河面上冒出的温馨的气泡一起一伏着。那时，我特别地幸福，因为这在平常的日子里是根本不敢想象的事情。大概我的醒来惊动了她，她睁开了眼睛，我马上有些不好意思起来，她却伸过一只胳膊搂住我的肩膀轻轻地说了句："就这么躺着别动，睡吧！"

第二天天亮的时候，我醒了，发现自己还躺在她的怀里。她拍拍我的头说:"醒了,快吃点儿东西!"可是,我吃了她准备好的东西就开始吐。夜里睡觉不觉得什么,醒来后,晕车的感觉潮水似的一阵阵袭来,把吃的东西全都吐出来还不解气,真觉得自己如此狼狈的样子在她的面前没有了一点面子。她开始慌乱起来,给我捶背,给我倒水。列车员也来了,帮助打扫,一直忙到呼和浩特就要到了。火车缓缓进站的时候,她再一次嘱咐列车员,然后嘱咐我,提着行李向车门走去。她下车后还特别走到车窗前再次嘱咐我。因为还有三四个小时我才能够到达包头,而这三四个小时只剩下我孤零零的一个人了。

我已经忘记那三四个小时是怎么度过来的了,没有了大姐姐的火车只剩下了眩晕的感觉。一个九岁的孩子,就这样完成了独闯京包线的壮举。

以后,京包线成了我许多个假期必走之路,那几次不同时刻的列车对我越来越不陌生,而晕车也随童年的逝去而逝去了,在心中清晰记住的是那沿途每一个站的站名,哪怕只是柴沟堡、卓资山、察素齐、土贵乌拉这样的小站名。随着姐姐在京包线上的迁徙,我跑遍了临河、集宁和呼和浩特,沿线播撒种子似的,火车帮我收获着对姐姐的思念。一直到"文化大革命"爆发,我到呼和浩特和姐姐告别,然后去了北大荒,风萧萧兮易水寒。

那一列北上的列车，去得比塞外的姐姐那里还要遥远，载走我整整六年的青春时光。去的时候，还没有觉得远，但每一次从那里回来总觉得天远地远的，好像路没有了尽头。

那时，每一次回家，都先要坐上一个白天的汽车到达一个叫福利屯的小火车站，然后坐上一天蜗牛一样的慢车才能够到佳木斯，在那里换乘到哈尔滨的慢车，再到哈尔滨换乘到达北京的快车。一切都顺利的话，起码也要三天三夜的样子才能够回到家。路远、时间长倒在其次，关键是有很多的时候根本买不到票，而探亲假和兜里的钱都是有数的，不允许我在外面耽搁，因为多耽搁一天就多了一天的花销，少了一天的假期。那是我最着急的时候了。

那一年的夏天，我和一个哈尔滨的知青一起回家，在佳木斯买不到火车票，我焦急万分，他对我说："你别急，我有法子。"他是一个大个头的小伙子，以打架出名，我怕他惹事。他一摆手："你放心，这地方我比你熟！"说着，拉着我从火车站的售票处走出了老远，一直走到铁轨交叉纵横的地方，货运列车和破车杂陈，像是一个停车场。见我有些疑惑，他说："你跟我走保你今天走成！我前年在佳木斯干了整整一冬，给咱们兵团运木头，这地方我贼熟！别说买不着火车票，就是买得着火车票我也不买，就从这

143

里上车,它乖乖儿拉咱回家!"然后他带我穿过那些杂七杂八的车厢,看准了车牌子上写着"佳木斯—哈尔滨"的一挂车,指指车牌子对我说:"上,就这辆!"上了空荡荡的车厢,他告诉我这儿他轻车熟路,要不是今天跟着我非要规规矩矩买票,他早就奔这儿来了。

那车要在黄昏的时候才能够进站开车。我们俩在车里面一个人占一排长椅子整整眯了一觉,直到车厢轻轻一晃动才醒来。这时候,列车员走了过来,横横地冲我们喊道:"谁让你们上来的?"他立刻也横横地回嘴道:"车长!"列车员便也不再说什么,没再理我们。而当列车长走过来的时候,我有些紧张,生怕一问我们,再和列车员对质穿了帮,但列车长根本连问都没问,只是看了看我们就走了。一直到列车开进了站台,还真的相安无事。他跳下车,在站台的小卖部买了点儿面包跑回来说:"现在你该踏实了吧?吃吧,吃饱了睡上一觉,明早上就到哈尔滨了!"后来,他告诉我他这样如法炮制坐过好几次车都没问题。我问他为什么有这样大的把握,他说:"你告诉列车员是车长让咱们上的车,列车员就不说什么了,车长来了一看你都在那儿坐老半天了,肯定是列车员允许了,还问什么?再说了,他们家里谁没有插队的知青?一看咱俩这一身打扮还看不出来是知青,还跟咱较劲?"

在那些个路远天长的日子里，火车没有给我留下任何好的印象。在甩手无边的北大荒的荒草甸子里，想家、回家，成了心头常常念响的主旋律，渴望见到绿色的车厢又怕见到绿色车厢，成了那时的一种说不出的痛。因为只要一见到那绿色的车厢，对于我来说家就等于近在咫尺了，即使路途再遥远，它马上就可以拉我回家了；而一想到探亲假总是有日子的，再好的节目总是要收尾的，还得坐上它再回到北大荒来，心里对那绿色的车厢总有一种畏惧的感觉，以致后来只要一见到甚至一想到那绿色的车厢，头就疼。

也许，人就容易好了伤疤忘了疼，时过境迁之后，过去的日子现在回想起来也有几分回味，毕竟那都是童年和青春时节的记忆，即使是痛苦的，也是美好的。

记得在北大荒插队六年之后，我回到了北京，再也不用坐那遥远得几乎到了天尽头的火车了，心里有一种暗暗的庆幸。但是，有一次朋友借我一本《巴乌斯托夫斯基选集》，又让我禁不住想起了火车，才发现火车并不像我想象的那样可恶。那里面有一篇叫《雨蒙蒙的黎明》的小说，讲的是一个叫库兹明的少校，在战后回家的途中给自己的一个战友的妻子送一封平安家书。库兹明在那个雨蒙蒙的黎明对战友的妻子讲述了自己乘坐火车时那瞬间的感受，即使过去了已经快三十年，我记得还是那样清楚，他说："您有时大约也会遇到这类情形的。隔着火车车窗，您会忽然看到白桦树林里的一片空地，秋天的游丝迎着太阳白闪闪地放光，于是您就想半路跳下火车，在这片空地上留下来。可是火车一直不停地走过去了。您把身子探出窗外朝后瞧，您看见那些密林、草地、马群和林中小路都——倒退开去，您听到一片含糊不清的微响，是什么东西在响——不明白。也许，是森林，也许，是空气。或者是电线的嗡嗡声，也或者是列车走过，碰得铁轨响。转瞬间就这样一闪而过，可是您一生都会记得这情景。"

巴乌斯托夫斯基的感受如箭一样击中了我的心，在那六年中，每次从北大荒回家的迢迢路途中，隔着火车车窗望着窗外东北的原野、森林以及松花江，无论是在冬天的白雪茫茫或是在春天的回黄转绿之中，不都有过这样类似的情景？那曾经美好的一切并不因为我们的痛苦就不存在，就如同痛苦刻进我们生命的年轮里一样，那些转瞬即逝的美好也刻进我们生命的回忆里，在以后的岁月里响起了虽不嘹亮却难忘的回声。

去年，我听美国摇滚老歌手汤姆·韦茨的老歌，其中一首《火车之歌》，听得让我心里一动，不是滋味。他用他那苍老而浑厚的声音这样唱道："我喝光了我每次借来的所有的钱……现在夜晚的黑色就像乌鸦，一列火车要带我离开这里，却不能再带我回家。那些使我梦想成空的东西，正在火车站上彷徨。我从十万英里远以外的地方来，没有带一样东西给你看……"他唱得是那样凄婉苍凉，火车真的是这样吗？不是哪怕再遥远也能够带你回到温馨的家，就是带你双手空空而无家可归？想想，在那些从北大荒回家或从家回北大荒的火车上，我们的心情不正是如同汤姆·韦茨唱的一样颓然而凄迷？

火车带给我的回忆，也许就是汤姆·韦茨和巴乌斯托夫斯基的矛盾体。

火车颠簸着一代人抹不去的记忆。

2002年7月4日写于北京

# 夜晚,泰戈尔来到荒原

对于泰戈尔的《沉船》,我是充满感情的。

第一次读它的时候,我在北大荒一个荒僻的猪号里喂猪。夜幕降临以后,四周死一样地静寂。

泰戈尔在这本书中说:"杳无村落。宁静而沉寂的夜晚,好像等待着失约情郎的姑娘,守望着长满水稻的辽阔而葱绿的田野。"我就特别喜欢,一下子被吸引,一下子记住了,怎么也忘不了,到现在也记忆犹新。它总让我想起北大荒荒原上的那些寂寥的夜晚,还能有比泰戈尔比喻得更贴切、更动人的吗?

那时候的荒原,不正像泰戈尔写的那样吗?我和那些寂寥的夜晚都像是在等待着什么,总觉得一定会等来一些什么。到底是什么呢？我说不清，应该说就是希望吧！没有把所有的希望泯灭干净，泰戈尔好像是特意来到荒原上，帮我从那黑暗中使劲拽出了最后残存的那一道亮光。

其实，小说里关于罗梅西、卡玛娜、汉娜之间的故事现在已记不太清楚了，记住的只是小说里的一些片段，是弥漫在小说里的一些情绪。其中，卡玛娜在月夜的船上看到恒河对岸田野小径上那提着水罐的女人的情景，总也忘不了，就像是一幅画，没想起的时候，它是卷起来的，只要想起了它，它立刻就垂落在眼前，清晰得须眉毕见。

想想，却无法解释为什么会这样。也许，这真是一件非常奇怪的事情，青春时节的阅读，总会情不自禁地与自己联系起来，混淆了书中的和现实的世界。

泰戈尔这样写道——

> 四周没有任何生物活动的形迹。月亮落下去，长满庄稼的田野小径现在已看不清了。但卡玛娜仍然圆睁两眼站在那里凝望。她不禁想道："有多少女人曾经提着水罐从这些小路上走去啊！她们每一个人都是走向自己的家！"家！
>
> 这个思想立刻震动着她的心弦。要是她能在什么地方有一个自己的家该多好啊！但是，是什么地方呢？

卡玛娜对家的想念和渴望，和我那时的心情是多么的相似，在同样的月亮落下去的黑暗的夜晚，在比卡玛娜面对的还要荒凉的田野上，面对我们猪号前通往队里去的那条羊肠小道。小道两旁长满萋萋荒草，也开放着矢车菊或紫云英之类零星的野花，通过那条小道可以走到去场部的那条土路上去，便可以再到一百多里以外的富锦市和几百里以外的佳木斯市，一点点接近家。

那时候，我离开北京的家已经三年了，还没有回过一次家。想家的心情，蛇吐信子一样，时不时地咬噬着心。记得有一个冬天的夜晚，新来了一批北京知青，晚上睡在一铺大炕上，突然想家，开始唱歌，一首接着一首地唱，都是老歌，最后，不唱了，都哭了。那哭声惊天动地，把我们这些睡在另外屋子的人都惊醒了，把队长也招来了。怒气冲冲的队长进门就厉声叱问："大半夜的不睡觉，这是怎么啦？"新来的知青不管不顾几乎是异口同声地回答："想家了！"队长立刻哑炮了，什么都不再说，走了。

想家的时候，我总会忍不住想起泰戈尔写的那些个提着水罐在小径上向家走去的女人。每次想起，便会让我格外地心动，和卡玛娜一起悄悄地落下眼泪。现在想想，也许是不可能的事情，是非常可笑的举动，但在当时，我比卡玛娜还要软弱和无助。

还是这部《沉船》。当时，我曾经抄录下了这样的段落——

苍天的光滑的面容上，没有留下一丝烦恼的痕迹，月光的宁静没有任何骚乱活动的搅扰；夜是那样悄然无声的沉寂，整个宇宙，尽管布满了亿万颗永远在运行的星辰，却也仍然得到永恒的安宁；只有人世的喧嚷的斗争是永无底止的。顺境也好，逆境也好，人生是一场对种种困难的无尽无休的斗争，一场以寡敌众的斗争。

也许，这段话里还依稀能够看出当时我的心境，那种远离家又渴望回家却茫然无措的心情，那种泰戈尔所说的"一场对种种困难的无尽无休的斗争，一场以寡敌众的斗争"，在我的心里纠缠而无可奈何，只能在荒原那些沉寂的夜晚，面对星空时黯然神伤。

怎么能够忘记泰戈尔呢？他就像我年轻时从城里一起到荒原上的知青朋友一样，无法淡出记忆之外。

# 阳光的三种用法

童年住在大院里,都是一些引车卖浆者之流,生活不大富裕,日子各有各的过法。

冬天,屋子里冷,特别是晚上睡觉的时候,被窝里冰凉如铁,家里那时连个暖水袋都没有。母亲有主意,中午的时候,她把被子抱到院子里,晒到太阳底下。其实,这样的法子很古老,几乎各家都会这样做。有意思的是,母亲把被子从绳子上取下来,抱回屋里,赶紧就把被子叠好,铺成被窝状,留着晚上睡觉时我好钻进去,被子里就是暖乎乎的了,连被套的棉花味道都烤了出来,很香的感觉。母亲对我说:"我这是把老阳儿叠起来了。"母亲一直用老家话,把太阳叫老阳儿。"阳儿"读成"爷儿"音。

从母亲那里，我总能够听到好多新词儿。"把老阳儿叠起来"，让我觉得新鲜。太阳也可以如卷尺或纸或布一样，折叠自如吗？在母亲那里，可以。阳光能够从中午最热烈的时候，一直储存到晚上我钻进被窝时，温暖的气息，让我感觉到阳光的另一种形态，如同母亲大手的抚摸，比暖水袋温馨许多。

街坊毕大妈，靠摆烟摊养活一家老小。她家门口有一口半人多高的大水缸。冬天用它来储存大白菜，夏天到来的时候，每天中午，她都要接满一缸自来水，骄阳似火，毒辣辣地照到下午，晒得缸里的水都有些烫手了。水能够溶解糖，溶解盐，水还能够溶解阳光，大概是我童年时候最大的发现了。溶解了糖的水变甜，溶解了盐的水变咸，溶解了阳光的水变暖，变得犹如母亲温暖的怀抱。

毕大妈的孩子多，黄昏，她家的孩子放学了，毕大妈把孩子们都叫过来，一个个排队洗澡，毕大妈用盆舀的就是缸里的水，正温乎，孩子们连玩带洗，大呼小叫，噼里啪啦的，溅起一盆的水花，一个个演出一场哪吒闹海。那时候，各家都没有现在普及的热水器，洗澡一般都是用火烧热水，像毕大妈这法子洗澡，在我们大院是独一份。母亲对我说："看人家毕大妈，把老阳儿煮在水里面了！"

我得佩服母亲用词儿的准确和生动，一个"煮"字，让太阳成了我们居家过日子必备的一种物件，柴米油盐酱醋茶，这开门七件事之后，还得加上一件，即母亲说的老阳儿。

真的，谁家都离不开柴米油盐酱醋茶，但是，谁家又离得开老阳儿呢？虽说如同清风朗月不用一文钱一样，老阳儿也不用花一分钱，对所有人都大方而且一视同仁，而柴米油盐酱醋茶却样样得花钱买才行，但是，如母亲和毕大妈这样将阳光派上如此用法的人家，也不多。这需要一点智慧和温暖的心，更需要在艰苦日子里磨炼出的一点儿本事，这叫作少花钱能办事，不花钱也能办事，阳光才能够成为居家过日子的一把好手，陪伴着母亲和毕大妈一起，让那些庸常而艰辛的琐碎日子变得有滋有味。

对于阳光，大人有大人的用法，我们小孩子也有小孩子的用法。我家的邻居唐叔叔是个工程师，他有个孩子，比我大两岁，很聪明，就算招猫逗狗，也总爱别出心裁玩花活儿。有一次，他拿出他爸爸用的一个放大镜，招呼我过去看。放大镜我在学校里看见过，不知他拿它玩什么新花样。我走了过去，他在放大镜底下放一张白纸，将放大镜对着太阳，不一会儿，纸一点点变热，变焦，最后居然烧了起来，腾地蹿起了火苗，旋风一般把整张白纸烧成灰烬。

又有一次,他拿着放大镜,撅着屁股,蹲在地上,对准一只蚂蚁,追着蚂蚁跑,一直等到太阳透过放大镜把那只蚂蚁照晕,爬不动,最后烧死为止。母亲看见了这一幕,回家对我说:"老唐家这孩子心怎么这么狠!小蚂蚁招他惹他了?这不是把老阳儿当成火了吗?你以后少和他玩!"

有一部电影叫作《女人比男人更凶残》。有时候,小孩比大人更心狠,小孩子家并不都是天真可爱的。

2008年6月写于北京

# 那片绿绿的爬山虎

1963年，我上初三，写了一篇作文叫《一张画像》，是写教我平面几何的一位老师。他教课很有趣，为人也很有趣，以至这篇作文写得也自以为很有趣。经我的语文老师推荐，这篇作文竟在北京市少年儿童征文比赛中获了奖。当然，我挺高兴。

一天，语文老师拿着一个厚厚的大本子对我说："你的作文要印成书了，你知道是谁替你修改的吗？"我睁大了眼睛，有些莫名其妙。"是叶圣陶先生！"老师将那大本子递给我，又说，"你看看叶老先生修改得多么仔细，你可以从中学到不少东西！"

我打开本子一看，里面有这次征文比赛获奖的二十篇作文。翻到我的那篇作文，一下子愣住了：映入眼帘的是红色的修改符号和改动后增添的小字，密密麻麻，几页纸上到处是红色的圈、钩或直线、曲线。那篇作文简直像动过大手术鲜血淋漓又绑上绷带的人一样。

回到家，我仔细看了几遍叶老先生对我作文的修改。题目"一张画像"改成"一幅画像"，我立刻感到用字的准确性。类似这样的修改很多，长句断成短句的地方也不少。有一处，我记得十分清楚："怎么你把包几何课本的书皮去掉了呢？"叶老先生改成："怎么你把几何课本的包书纸去掉了呢？"删掉原句中"包"这个动词，使得句子干净了也规范了。而"书皮"改成了"包书纸"更确切，因为书皮可以认为是书的封面。我真的从中受益匪浅，这不仅使我看到自己作文的种种毛病，也使我认识到文学事业的艰巨：不下大力气，不一丝不苟，是难成大气候的。我虽然未见叶老先生的面，却从他的批改中感受到他的认真、平和以及温暖，如春风拂面。

叶老先生在我的作文后面写了一则简短的评语："这一篇作文写的全是具体事实，从具体事实中透露出对王老师的敬爱。肖复兴同学如果没有在这几件有关画画的事上深受感动，就不能写得这样亲切自然。"这则短短的评语，树立了我写作的信心。那时我才十五岁，一个毛头小孩，居然能得到一位蜚声国内外文坛的大文学家的指点和鼓励，内心的激动可想而知，涨涌起的信心和幻想，像飞出的一只鸟儿抖着翅膀。那是只有那种年龄的孩子才会拥有的心思。

这一年暑假，语文老师找到我，说："叶圣陶先生要请你到他家做客。"我感到意外：像叶圣陶先生那样的大作家，居然要见一个初中生！我自然当成人生中的一件大事。

那天，天气很好。下午，我来到东四北大街一条并不宽敞却很安静的胡同。叶老先生的孙女叶小沫在门口迎接了我。院子是典型的四合院，敞亮而典雅。刚进里院，一墙绿葱葱的爬山虎扑入眼帘，夏日的燥热仿佛一下子减去了许多，阳光都变成绿色的，像温柔的小精灵一样在上面跳跃着闪烁着迷离的光点。

叶小沫引我到客厅，叶老先生已在门口等候。见了我，他像会见大人一样同我握了握手，一下子让我觉得距离缩短不少。落座之后，他用浓重的苏州口音问了问我的年龄，笑着讲了句："你和小沫同龄呀！"那样随便、和蔼，作家头顶上神秘的光环消失了，我的拘束感也消失了。越是大作家越平易近人，原来他就如一位平常的老爷爷一样让人感到亲切。

想来有趣，那一下午，叶老先生没谈我那篇获奖的作文，也没谈写作。他没有向我传授什么文学创作的秘诀、要素或指南之类。相反，他几次问我各科学习成绩怎么样。我说我连续几年获得优良奖章，文科理科学习成绩都还不错。他说道："这样好！爱好文学的人不要只读文科的书，一定要多读各科的书。"他又让我背背中国历史朝代，我没有背全，有的朝代顺序还背颠倒了。他又说："我们中国人一定要搞清楚自己的历史，搞文学的人不搞清楚我们的历史更不行。"我知道这是对我的批评，也是对我的期望。

我们的交谈很融洽，仿佛我不是小孩，而是大人，一个他的老朋友。他亲切之中蕴含的认真，质朴之中包容的期待，把我小小的心融化了，以至不知黄昏的到来。落日的余晖染红窗棂，院里那一墙的爬山虎，绿得沉郁，如同一片浓浓的湖水，映在客厅的玻璃窗上，不停地摇曳着，显得虎虎有生气。那时候，我刚刚读过叶老先生写的一篇散文《爬山虎》，便问："那篇《爬山虎》是不是就写的它们呀？"他笑着点点头："是的，那是前几年写的呢！"说着，他眯起眼睛又望望窗外那爬山虎。我不知那一刻老先生想起的是什么。

我应该庆幸，有生以来第一次见到作家，竟是这样一位人品与作品都堪称楷模的大作家。他跟我的谈话，让我好像知道了或者模模糊糊懂得了：作家就是这样做的，作家的作品就是这么写的。我十五岁时的那个夏天意义非凡。

在我的眼前，那片爬山虎总是那么绿着。

# 面包房

那时，我的孩子小，还没有上小学。晚上，我有时会带着他到长安街玩，顺便去买面包或蛋糕。长安街靠近大北窑路北，有家面包房，不大，做的法式面包和黑森林蛋糕非常好吃。关键是，一到晚上七点之后，所有的面包和蛋糕，包括泡芙、苹果派、核桃派，很多品种的甜点，一律打五折出售，价钱便宜了整整一半。当我和孩子发现了这个秘密后，这家面包房便成为我们常常光顾之地，对于馋嘴的孩子，这里如同游戏厅一样充满诱惑。

那时，售货员常常只剩下了一个人值班，坚守到把面包和蛋糕都卖出去。这是一个年轻姑娘，顶多二十三四岁的样子，有点儿胖，但圆圆的脸盘，大眼睛，还是挺漂亮的。每次去，几乎都能够碰见她，孩子总要冲她"阿姨、阿姨"叫个不停。"我要买这个！我要买那个！"静静的面包房，因为我们的闯入，一下子热闹起来。她站在柜台里，听孩子小鸟闹林般地叫唤个不停，静静望着孩子，目光随着孩子一起在跳跃。

渐渐地，彼此都熟了。我们进门后，她会笑吟吟地对我们说："今天来得巧了，你们爱吃的黑森林还有一个没卖出去，等着你们呢！"或者，她会惋惜地对我们说："黑森林卖光了，这个巧克力慕斯也不错，要不，你们可以尝尝这个绿茶蛋糕，是新品种。"一般，我们都会听从她的建议，总能尝新，味道确实很不错。花一半的钱，买到这么好吃的蛋糕或面包，物超所值，还有这样一个和蔼可亲又年轻漂亮的阿姨，孩子更愿意到那里去了。

有时候，我们来得早了点儿，她会用漂亮的兰花指指指墙上的挂钟，对我们说："时间还没到呢！"屋子不大，这时候客人很少，有时根本没有，她就让我们在仅有的一对咖啡座上坐一会儿，严守时间。等到挂钟的时针指向七点的时候，她会冲我们叫一声："时间到了！"孩子会像听到发号令一样，先一步蹿上去，跑到柜台前，指着他早就瞄准的蛋糕和面包，对她说："要这个！"她总是笑吟吟地看着孩子，听着孩子麻雀一样叽叽喳喳地叫个不停，然后用夹子把蛋糕和面包夹进精美的盒子里,用红丝带系好,在最上面打一个蝴蝶结,递到我们的手里,道声再见后,望着我们走出面包房。有一次,她有些羡慕地对我说:"这孩子多可爱呀,有个孩子真好!"

面包房伴孩子度过了童年。在孩子小学三年级的时候,那一年的暑假,我们去了面包房几次,都没有见到她。新的售货员一样很热情,买好蛋糕和面包,走出面包房,孩子悄悄地问我:"怎么那个阿姨不在了呢?会不会下岗了呀?"那时,他们班上好几个同学的家长下岗,阴影覆盖在同学之间,孩子不无担心。面包房里这个好心漂亮的阿姨,是看着他长大的呀。

下一次来买面包的时候,我问新的售货员:"原来总值晚班的那个胖乎乎的售货员哪儿去了,怎么好长时间没见了?"新售货员告诉我:"她呀,生孩子,在家休产假呢!"不是下岗,孩子放心了。那天,我们多买了一个全麦的面包,里面夹着好多核桃仁,嚼起来很香。

等我再见到她,大半年过去了,孩子已经升入四年级,一个学期都快要结束了。我对她说:"听说你生小孩了,祝贺你呀!"她指着我的孩子说:"这才多长时间没见,您看您这孩子长这么高了!什么时候,我那孩子也能长这么大呀!"我开玩笑地对她说:"你可千万别惦记着孩子长大,孩子真的长大,你就老喽!"她嘿嘿地笑了起来说:"那也希望孩子早点儿长大!"

时光如流,一转眼,我的孩子到了高考的时候,功课忙,很少有时间再和我一起去面包房,偶尔去一趟,仿佛是特意陪我一样。特别是考入大学,交了女朋友之后,晚上要去的地方很多,比如图书馆、咖啡馆、电影院、旱冰场、大卖场,等等,面包房已经如飞驰的列车掠过的一棵树,属于过去的风景了。只有我还常常晚上不由自主地转到长安街,拐进面包房。

这期间,面包房搬了一次家,从东边往西移了一下,不远,也就几百米的样子,门口装潢一新,还有霓虹灯闪耀。里面稍微大了一些,但还是很局促,不变的是,值晚班的还常常是这个胖乎乎的姑娘。我总是这样叫她姑娘,其实,她已经变成一位中年妇女了。没变的,是蛋糕和面包的味道,还保持原有的水平,只是价钱悄悄地涨了几次。

有一天,我去面包房,见我又只是一个人,她替我装好蛋糕和面包,问我:"您的孩子怎么好长时间没跟您一起来了?"我告诉她,孩子上大学了。她点点头,然后笑着对我说:"等再娶了媳妇就忘了爹娘,更不会跟您一起来了呢!"我也跟着一起笑了起来。回家见到孩子后,我把她的话说给孩子听，孩子一下子很感动，对我说："您说咱们不过是到她那里买打折的面包和蛋糕，这么长时间了，她还能记得我，这阿姨真的不错！"我也这样认为。世上人来来往往，多如过江之鲫，莫说是萍水相逢了，就是相交很长时间的老朋友，有的都已经淡忘，如烟散去，更何况一个面包房里和你毫无关系的姑娘！

星期天，孩子专门陪我一起去了一趟面包房，一进门叫声"阿姨"，她抬头一望，禁不住说道："都长这么高了！"又说，"你要的黑森林今天没有了。"孩子说："没关系，买别的。"然后，两个人一个挑蛋糕和面包，一个往盒子里装蛋糕和面包，谁都没再说什么，但他们彼此望着，很熟悉，很亲近，那一瞬间，仿佛一家人。那种感觉，是我来面包房那么多次，从来没有过的。

有时候，我会奇怪地问自己：一个人，一辈子要走的地方很多，去的场所很多，一个小小的面包房，不过是你生活中偶然的相遇，为什么会让你涌出了这样亲切又温馨的感觉？其实，哪怕是一棵树，和你相熟了，也会有这样的感觉的，何况是人。因为熟悉了，又是彼此看着长大，在岁月的年轮里，融入了成长的感情，所买和所卖的面包、蛋糕里也就融入了感情，比巧克力奶油慕斯或起司的味道更浓郁。

孩子大学毕业就去了美国留学，孩子走后，我很少去面包房。倒不是因为家里缺少了一只馋嘴的猫，少了去面包房的冲动，更主要的是自己也懒了。老猫一样猫在家里，不愿意走动，其实就是老了的征兆。那天，如果不是老妻要过本命年的生日，我还想不起面包房。她生日的前一天，我对老妻说："我去面包房买个蛋糕吧！"这才想起来，孩子去了美国几年，我就已经有几年没有去过面包房了，日子过得这么快，一晃，七年竟然如水而逝。

那天晚上，北京城难得下起了雪，雪花纷纷扬扬的，把长安街装点得分外妖娆。老远就能看见面包房门前的霓虹灯在雪花中闪闪烁烁眨着眼睛，走近一看，才发现门面新装修了一番，门东侧的一面墙打开，成了一面宽敞明亮的落地窗。走进去一看，今天难得地热闹，竟然有三个漂亮年轻的女售货员挤在柜台前，蒜瓣一样紧紧地围着一个二十来岁的姑娘，叽叽喳喳地说得正欢。扫了一眼，没有找到我熟悉的那个胖乎乎的售货员。因为去的时间早，还有十来分钟到七点，我坐在一旁，边等边听她们说话。听明白了，这个姑娘和我一样，也是等七点钟买打折蛋糕的。还听明白了，是给她的妈妈买生日蛋糕的。又听明白了，她的妈妈是面包房里那三个女售货员的同事，她们其中的两位是从面包房后面的车间特意跑出来，聚在一起，正在帮姑娘参谋，让她买蛋糕之后再买几个面包，并对小姑娘说："你妈妈在这里工作了这么多年，都是值晚班卖打折的面包和蛋糕，自己还从来没买过一回呢！你得多买点儿！"

七点钟到了，我走到柜台前，玻璃柜里只有一个黑森林蛋糕，一个售货员对我说："对不起，这个蛋糕已经有主了！"她指指身边的姑娘。我说："那当然！"然后，我对姑娘说："你妈妈我认识！"姑娘睁大一双大眼睛，奇怪地问我："您认识我妈？"我肯定地说："当然！"小姑娘更加奇怪地问："您怎么认识的？"我笑着对她说："回家问问你妈妈就知道了！就说一个常常带着一个孩子来这里买蛋糕和面包的叔叔，祝她生日快乐！"她还是有些疑惑，也是，几十年的岁月是一点点流淌成的一条河，怎么可以一下子聚集在一杯水里，让她看得清楚呢？我再次肯定地对她说："你回家和你妈妈一说，你妈妈就会知道的！"

姑娘买好蛋糕和面包，走出面包房，身影消失在风雪之中，我转身问那三个售货员："她的妈妈是不是你们面包房里那个胖乎乎的售货员？"她们都惊讶地点头，问我："您是她以前的老师吧？"我笑而不答。她们告诉我，她今年刚刚退休。这回轮到我惊讶了："这么早？她才多大呀！"她们接着说："我们这里五十岁退休。"竟然五十岁了！就像她看着我的孩子长大一样，我看着她的青春在面包房里老去，生命的轮回在我们彼此的身上，面包房就是见证。

2009年5月1日写于北京

# 费城浪漫曲

费城市中心有座公园，颇有点像巴黎的卢森堡公园，特别是一方水池很像卢森堡公园里的美第奇喷泉，只是更小巧袖珍。紧邻费城寸土寸金的商业街，能有这样一块闹中取静的公园，要归功于当初城市的规划者。

夏天的公园里，绿荫如盖，一下子凉快了许多。是个周末的黄昏，我走进公园的时候，发现人比往日多，今年夏季费城奇热无比，人们都到这里来乘凉了。沿着甬道走进去，一路看见好几位街头艺人，在演奏萨克斯或吉他，或自吟自唱，他们的身边放着小纸盒或自己的帽子，供游人往里面放钱。这算是这座公园的一景吧。附近居住的人，逛商业街逛累的人，都愿意到这里来，顺便听听他们的演出，他们的技艺正经不错呢。

走到公园深处一座水池前的时候，看见两个华人小伙子正在那里演奏小提琴，听不出是什么乐曲，旋律如泣如诉，格外幽婉抒情，二重奏的效果非常好听，起伏的鸽子一样，在身边翩飞萦绕。忍不住坐在水池边倾听，才发现四周已经坐着不少人。好听的音乐总能如磁铁一样吸引人。

起初，我以为和刚才看到的卖艺者一样，也是两个街头艺人，但我很快否定了自己的这个猜测。两个小伙子都穿着笔挺的西装，白衬衫配黑裤子、黑皮鞋，非常正规的演出服，根本不像刚才看见的卖艺者那样，穿戴随便，有的简直就像嬉皮士。而且，他们的身边也没有纸盒或帽子，如果是卖艺者，人们往哪里给他们放钱呢？

那么，他们为什么要到这里演奏？便猜想或许是音乐学院的学生，利用周末到这里来练练手，为将来的成功先奏响一支序曲。

就在这时候，忽然看见一男一女两个白人走到演奏者前面小小的空场里。小提琴声如此缠绵悱恻，谁都想跳进乐曲旋律的旋涡里，就像在这样炎热的天气里跳进身后的水池中清凉一番一样，所有的观赏者都没有任何反应，仍然关注于小提琴。我仔细打量了他们一下，两人都很年轻，男的长相英俊，女的身材秀丽，只是和两个演奏者相比，他们的穿戴实在太随意了,男的穿着短裤和人字凉鞋,女的穿着豆青色抹胸连衣裙,他们每人的手里还各牵着一条小狗。心想,一定和我一样,也是来逛公园的,听到这样迷人的音乐,忍不住跳进去翩翩起舞。

小提琴声还在轻柔地飘荡着,仿佛因为有人走到他们面前捧场而拉得格外来情绪,声音显得越发柔肠绕指,拉得人心里都跟着一起绵软得要融化了。只看那一对男女手牵着手,来回转着圈,轻轻地随着乐曲舞动了起来。由于节奏很舒缓,他们的步子如同踩在云朵里,轻柔得几乎看不出来。然后,女的把自己的牵狗绳交给了男的,本来一边一只的小狗,聚拢在一块,和它们的主人一样欢快地亲热起来。女的则腾出了两只手,伸了出来,奥菲丽娅的花环一样,轻轻地环绕在男的脖子上,一双天蓝色的眼睛,那么近地望着男的。

人群里有人叫了一声:"吻一个!"

男的很矜持,微微地笑了,弯下了头,吻了一下女的。人群里响起了掌声。女的忍不住紧紧地拥抱着男的,头靠在他肩上,一头金色的长发如金色的瀑布一样流泻下肩头。

如果是一般人,这时候是恰到好处的高潮,有音乐,有掌声,有热辣辣的夕阳,该退场了。谁想到他们两个人却有些恋恋不舍,就像两只戏水的鸳鸯,舍不得离开这样清澈的水池。当女的将头从男的肩头上抬起来，男的扶着她的纤纤细腰，轻轻地兜了一圈，长摆的连衣裙兜起一个漂亮的弧。然后，他们紧紧地拥抱，又密密地接吻。掌声再一次响起。那一刻，我以为周围的观众在起哄，我甚至以为是在拍摄电影。但我看了一下，人们很真诚地望着他们，不像我们国内爱起哄架秧子，树丛中也没有摄影机或摄像机。而两位小提琴手似乎没有受到任何干扰，一如既往地拉着小提琴，琴声没有中断，如同两泓长长的泉水潺潺地流淌。

这一对男女如此往复了好多次旋转、拥抱和接吻之后，当男的把自己手指上的一枚铂金戒指戴在女的手指上的时候，最后一次掌声响了起来。我和在场的所有人此刻都明白了，一切是他们的安排，地点是他们选定的，琴手是他们请来的，效果是他们设想的，只有夕阳和我们是不请自来的。他们把自己的求婚仪式别出心裁地放在了这里，放在了小提琴幽幽的旋律里，一定让他们自己感动了。我都有些感动，对比我们这里豪华宴席、高档名车，乃至九百九十九朵玫瑰式的奢靡却千篇一律的示爱、求婚或结婚的仪式，他们的朴素和新颖，需要智慧，更需要对爱的理解。

我看到，他们挽着手向两位小提琴手走去，琴手收弓了，他们笑着向琴手握手致谢。夕阳的余晖，正打在他们的脸上，还有那枚戒指和两把小提琴上，跳跃着金子般的光亮。

2010年9月1日写于新泽西

# 芝加哥奇遇

我觉得，那应该算是一次奇遇。

那天，去听芝加哥交响乐团的海顿大提琴音乐会，在芝加哥大学前的海德公园那站赶公共汽车，紧赶慢赶，还是眼瞅着一辆车旁若无人般砰的一声关上车门，车屁股冒出一股白烟，溜走了。只好等下一辆，心里多少有些懊恼。就在这时候，慢悠悠地走过来一位老太太，满头银发，身板挺直，精神矍铄。我没有想到，下面是音乐会演出之前，老天特意为我加演的一支序曲。我应该感到庆幸，没有赶上那趟车，否则，将和这位老太太失之交臂，便也没有了这次奇遇。

等车的只有我和老太太，闲来无事，便和老太太聊起天，偏巧老太太也是爱说的人，一起打发漫长的等车时间。老太太是德国人，开始和丈夫在爱沙尼亚工作，第二次世界大战之后，爱沙尼亚并入苏联，一直到1952年，她和丈夫才有机会离开那里，来到美国。丈夫研究生物学，在芝加哥大学当教授，后来又当了系主任。老太太便落地生根一般，一直住在了芝加哥，再没有挪窝。

一边听着，心里一边暗暗算着，老太太得有多大年纪了？从他们来到芝加哥到现在就已经过去了五十八年，再加上在爱沙尼亚工作的时间，起码有八十多岁了。可看老太太的样子，哪里像呀。我们那里八十多岁的老太太，谁还敢再挤公共汽车？尽管一般不问外国女人的年龄，我心里的疑问还是忍不住地说出了口。老太太的回答，让我惊叹，我的天，她竟然整整九十岁了，这简直有点儿像是老树成精了。

她看出来我的惊讶，连说"我是1920年生人"，天真地证明着自己绝对没有错。我忙说："没想到您的身体保养得这样好。"她笑着摆摆手说："不是保养，是常常听音乐会的结果。"

原来，我们是同道，都是去听芝加哥交响乐团的海顿大提琴音乐会的。一下子，涌出同是天涯爱乐人，相逢何必曾相识的感觉。心里一个劲儿地想，这个世界上还有几个九十岁的老太太,能够有如此的兴致,身板如此硬朗,大老远地挤公共汽车去听一场音乐会?不敢说是绝无仅有的奇迹,也实在是难得的奇遇。

车一直没有来,让我们多了一些交谈的机会。我知道了,老太太一生中最大的爱好就是音乐,芝加哥交响乐团是陪伴她半个世纪的朋友,从库贝利克到索尔蒂到巴伦博依姆,几任指挥走马灯一样轮换,她对乐团的喜爱却葵花向阳一般,始终如一,每年在它的演出季里挑选自己钟爱的音乐会,挤公共汽车去听,是她这些年的坚持。听到这里,我对老太太肃然起敬,无论什么事情,能够坚持这么长时间,就都不是一件简单的事情了。许多的经历,一次两次,也许说明不了什么问题,但坚持下来,放在人生的长河里,能随着时间一直流淌至今,即使穿不起一串珍珠,也穿起了属于自己最珍贵的记忆。尤其到了老太太这样的年纪,人和人之间显现出来的差别,不在于地位、房产或儿孙的荣耀,除了身体,最主要的就是能够拥有属于自己的回忆,这是一笔无人企及的最大财富。

不过,老太太也有属于自己的遗憾,那就是丈夫的工作忙,这辈子没有陪她听过一次音乐会。如今,丈夫早已经先她而去,她依然坚持自己一个人去听音乐会。她对我说,丈夫虽然没法陪她听音乐会,但一直都特别高兴她去听音乐会，每一次听完音乐会回到家里的时候，丈夫总会听她讲讲音乐会的情景。两人一起分享美妙的音乐，便成了最难忘的时光。本来说好的，丈夫要陪她听一次音乐会的，票都提前订好了，丈夫却住进了医院，再也没有起来。

"是莫扎特。"老太太没有告诉我是哪年的事情，只告诉我听的是莫扎特的音乐，话音里并没有什么特别的哀伤，核桃皮一样的皱纹覆盖的眼睛里闪着亮光，那里面也许更多的是回忆和怀念吧。我猜想，在没有丈夫的日子里，听音乐会不仅成了老太太爱乐的一种习惯，也成了她和丈夫相会的一种方式。

车来了，我想要搀扶她，她却很硬朗地一个人上了车。这一晚的音乐会，是我听过的音乐会中最奇特的一次。因为有了老太太奇特年龄和奇特经历的加入，就像在乐谱里加入了奇特的配器，在乐队里加入了奇特的乐器一样，让海顿的大提琴多了一层与众不同的韵味，便特别觉得，低沉的大提琴，那么像是一位饱经沧桑却又保持一腔幽怀的老人。

2010年6月17日写于新泽西

# 生命的平衡

生命平衡的力量,其实就是我们平常生活的定力,是我们琐碎人生的定海神针。

## 宽容是一种爱

有一首小诗这样写道:"学会宽容 / 也学会爱 / 不要听信青蛙们嘲笑 / 蝌蚪 / 那又黑又长的尾巴…… / 允许蝌蚪的存在 / 才会有夏夜的蛙声。"

在竞争激烈的社会,在唯利是图的商业时代,宽容同忠厚一样,都成了无用的别名,让位于针尖对麦芒的斤斤计较,人与人之间,最起码也成了你来我往的AA制的记账方式。但是,我还是要说,宽容是一种爱。

18世纪的法国科学家普鲁斯特和贝索勒是一对论敌,他们关于定比这一定律争论了九年之久,各执己见,谁也不让谁。最后的结果,以普鲁斯特的胜利而告终,普鲁斯特成了定比这一科学定律的发现者。普鲁斯特并未因此而得意忘形。他真诚地对曾激烈反对过他的论敌贝索勒说："要不是你一次次的质疑，我是很难把定比定律深入研究下去的。"同时，他特别向公众宣告，发现定比定律，贝索勒有一半的功劳。

这就是宽容。允许别人反对，并不计较别人的态度，而充分看待别人的长处，并吸收其营养，这种宽容是一泓温情而透明的湖水，让所有一切映在湖面上，天色云影，落花流水。这种宽容让人感动。

我们的生活日益纷繁复杂，头顶的天空并不尽是凡·高涂抹的一片灿烂的金黄色，脚下的大地也不尽如平原一样平坦。不尽如人意、烦恼、忧愁，甚至让我们恼怒、无法容忍的事情，可能天天会摩肩接踵而来——才下眉头，又上心头，抽刀断水水更流。我所说的宽容，并不是让你毫无原则地一味退让。宽容的前提是那些应该是可宽容的人或事，宽容的核心是爱。宽容，不是去对付，去虚与委蛇，而是以心对心地去包容，去化解，去让这个越发世故、物化和势利的粗糙世界变得温润一些，而不是什么都要剑拔弩张、斤斤计较，什么都要拼个你死我活。即使我们一时难以做到如普鲁斯特一样成为一泓深邃的湖，我们起码可以做到如一只青蛙去宽容蝌蚪一样，让温暖的夏夜充满嘹亮的蛙鸣。我们面前的世界不也会多一分美好，自己的心里不也会多一些宽慰吗？

  宽容是一种爱。要相信，斤斤计较的人、工于心计的人、心胸狭窄的人、心狠手辣的人……可能一时会占得许多便宜，或阴谋得逞，或飞黄腾达，或春光占尽，或独占鳌头……但不要对宽容的力量丧失信心。用宽容所付出的爱，在以后的日子里总有一天会得到回报，也许来自你的朋友，也许来自你的对手，也许来自你的上司，也许来自时间的检验。

  宽容，是我们自己的一张健康的心电图，是这个世界的一张美好的通行证！

# 大自然的情感

可能是虚构越发远离真实，脂粉过重让美人日渐打折，我现在对作家笔下的文字心存怀疑，便自立法门，其中之一，就是看他们对大自然的态度和描写，来衡量其真伪与深浅。这是一张pH试纸，灵验得很。普里什文说过："在大自然中，谁也无法隐藏自己的心迹。"

一直喜欢普里什文。在这个始乱终弃的时代，没有一个人能够如普里什文一样倾其一生的情感和笔墨，专注书写大自然。

"我以为是微风过处，一张老树叶抖动了一下，却原来是第一只蝴蝶飞出来了。我以为是自己眼冒金花，却原来是第一朵花开放了。"谁能够有这样的眼睛？"在一支支春水流过的地方，如今是一条条花河。走在这花草似锦的地方，我感到心旷神怡，我想：'这么看来，混浊的春水没有白流啊！'"谁能够有这样的情感？"春天暖夜河边捕鱼，忽然看见身后站着十几个人，生怕又是偷渔网的，急奔过去，原来是十来株小白桦，夜来穿上春装，人似的站在美丽的夜色中……"谁能够有这样的心思？

只有普里什文有。这样的眼睛，是大自然的眼睛；这样的情感和心思，和大自然相通。也可以说，这样的眼睛、情感和心思，属于大自然，也属于童话和赤子之心。

我信任的另一位作家是于·列那尔。这种信任源于他曾经这样写过一棵普通的树，他把树枝、树叶和树根称为一家人："他们那些修长的枝柯相互抚摸，像盲人一样，以确信大家都在。"就是这一句，让我感动并难忘。他还曾经这样描写一只普通的燕子，他把燕子看作和自己一样写文章的人："如果你懂得希腊文和拉丁文，而我，我认识烟囱上的燕子在空中写出来的希伯来文。"他以平等的视角和姿态，视树和燕子与人一样。确实，我们不比一棵树、一只燕子高贵和高明，甚至有时比它们还不如。

中国作家里，我信服萧红。她把她家的菜园写活了："花开了，就像花睡醒了似的。鸟飞了，就像鸟上天了似的。虫子叫了，就像虫子在说话似的。一切都活了。都有无限的本领,要做什么,就做什么。要怎么样,就怎么样。都是自由的。倭瓜愿意爬上架就爬上架,愿意爬上房就爬上房。黄瓜愿意开一个谎花,就开一个谎花,愿意结一个黄瓜就结一个黄瓜。若都不愿意,就是一个黄瓜也不结,一朵花也不开,也没有人问它。玉米愿意长多高就长多高,它若愿意长上天去,也没有人管。蝴蝶随意地飞,一会从墙头上飞来一对黄蝴蝶,一会又从墙头上飞走了一个白蝴蝶,它们是从谁家来的,又飞到谁家去?太阳也不知道这个。"那倭瓜也好,黄瓜也好,已经和她命牵一线,情系一心,她写的就是自己。

很多年前,读迟子建的小说《逆行精灵》,里面有一段雨过天晴后阳光的描写,至今记忆犹新:"阳光在森林中高高低低地寻找着栖身之处,落脚于松树上的阳光总是站不稳,因为那些针叶太细小了,因而它们也就把那针叶照得通体透明。"

更多年以前,读苇岸《大地上的事情》,他说到曾经在一次候车的时候看到一只麻雀,发现麻雀并不是平常所说的只会蹦跳,不会迈步,只不过是移动步幅大时蹦跳,步幅小时才迈步。这一发现,让他激动,他说:"法布尔经过试验推翻了过去昆虫学家认为'蝉没有听觉'的观点,此时我感到我获得了一种法布尔式的喜悦和快感。"

如今，谁还会在意落在松树上的阳光因为松针细小而"站不稳"这样的小事？谁又会为注意麻雀和其他小鸟一样会迈步，而涌出"一种法布尔式的喜悦和快感"？观察的细致，来自心地的入微。视而不见或熟视无睹的粗心麻木，源于心已经粗糙如搓脚石一般千疮百孔了。

去年，读了一篇文章，作者叫李娟，名字不大熟悉，文字却打动我。她说，花的形状和纹案"只有小孩子们的心里才想象得出来，只有他们的小手才画得出"。她说，花开成的样子"一定有着它自己长时间的，并且经历相当曲折的美好想法吧"；她说，花散发的香气"多么像一个人能够自信地说出爱情呢"。她还说到那些没有花开也没有名字的平凡的植物："哪一株都是不平凡的。它们能向四周抽出枝条，我却不能；它们能结出种子，我却不能；它们的根深入大地，它们的叶子是绿色的，并且能生成各种无可挑剔的轮廓，它们不停地向上生长……所有这些我都不能……植物的自由让长着双腿的任何一人都自愧不如。"

感动的原因，是她和上述那些值得信赖的作家一样，有这种本事，平心静气，又气定神闲，内心里充满平等，又充满真诚，能够把大自然中这些最为普通的现象细腻而传神地告诉我们。只有他们才有这种本事，信手拈来，又妙手回春一般，将这些气象万千的瞬间捕捉到手，然后定格在大自然的日历上，辉映成意境隽永的诗篇、生命永恒的乐章。

　　谁能够做到这样？这样对待大地上一朵普通的花、一条普通的河、一棵普通的树，或一只普通的燕子或麻雀？我们会吗？我们可以把花精致地剪成情人节里的礼物，可以在河里捞鱼或游泳，可以到原始森林里去旅游或野炊，可以在落满雪花的大树前或爬到树上去拍照片，但我们不会有春天里第一朵花开那一瞬间的感觉，不会注意到阳光在松针上"站不稳"、麻雀会迈步、燕子会写希伯来文字这样的区区小事，更不会面对平凡或不知名的植物而心怀自愧之感。

　　想起英国的作家乔治·吉辛。几乎和李娟一样，他也曾经注意并欣赏过平凡的小花和无数不知名的植物，认为那是世界上最美妙的事情。在《四季笔记》一书里，他这样说："世间还有什么比这更美妙的呢？在阳光普照的春晨，世上有多少人能这样宁静、会心地欣赏天地间的美景呢？每五万人中能否有一人如此呢？"

　　我是吗？是这每五万人中的一个？

2010年3月16日写于北京

# 小满时节

立夏过后，小满就快要到了。二十四节气中，有几个，我一直不甚了了。小满是其中的一个。

最初认识小满，是在孙犁先生的中篇小说《铁木前传》里，里面有个人物，名字叫小满，是个十九岁的姑娘，性格活泼，挺招人喜欢的，孙犁先生突出了她的纯洁和天真。小满和孙犁先生以前笔下成熟的女人不一样，我猜想，他给她起小满这样的名字，就是要她更充满对爱和对新生活的渴望吧？只有这样年轻的年龄，才会有这样清新的朝气和天真的憧憬。

最近，新上映的电影《万物生长》中，男主角秋水初恋情人的名字，也叫小满。这可是真有点儿"英雄所见略同"。我想，我们的文学作品中，作者爱用节气给自己的人物作名字，是因为我国的二十四节气真的很适合给人当名字，这里或许隐藏着民俗文化的密码。

这个小满只有十七岁，和孙犁的小满一样，也是对爱情和新生活充满渴望和憧憬，让人心存怜爱的纯真小姑娘。是的，只有年轻小姑娘的名字，只有初恋小姑娘的名字，才可以叫小满。年龄稍微再一大，不要说熟女了，就是涉过初恋这条清澈小河的姑娘的名字，可以叫小雪，叫立秋，不会叫小满了。

"小满小满，小麦渐满。"民谣里这样说，说的是小满节气，小麦刚刚灌浆，青青的麦穗初露，远没到一片金黄的成熟时候。节气和姑娘初恋的形象完全吻合，和那时姑娘的身体与心理完全吻合：只是小满，远非丰满；只是灌浆初始的青涩初恋，远非血脉偾张的炽烈热恋；只是麦穗在初夏的风中羞涩地轻轻摇曳，和清风说着似是而非的缠绵情话，远非在酷烈的热风中沉甸甸垂下金灿灿的头，摆出一副曾经沧海看穿一切，万事俱备只待开镰收割的骄傲样子。

小满，真是人生的一个好节气。如果说寒风料峭的立春和春分，还是个生牤子一般的小姑娘；萧瑟的小雪和小寒，已是一头霜雪的老太太了；小满是立在这两者之间最富有生机和朝气的年轻姑娘。这个节气的姑娘，涉世未深，清浅如水，却已经不再是一汪雨过地皮湿没心没肺的小水泡，更不是一潭幽深莫测深不见底的千尺桃花水。

纵使如孙犁笔下的小满，是载不动许多愁的一泓池水，纵使如电影屏幕中的小满，是载着一叶扁舟驶向对岸的一湾河水，却都是清澈的还没有被污染的水。小满，之所以让人怜爱，正在于此。世界上还有比初恋更让人觉得美好而值得回忆的吗？而初恋之所以叫作初恋，正是小荷才露尖尖角，是轻翰掠雨绡初剪，是圆荷浮小叶，是细麦落轻花，那样地清浅可爱，那样地天真纯洁，那样地美好动人。小满，这个节气，如此和人生与情感交融，和心理与生理契合，是二十四节气里少见的。

"小满大风，树头要空。"这是另一句民谣，说的是在这样的节气里，最忌讳刮大风。因为树的枝头上结出刚刚小满尚未长结实的果实，禁不住大风，会被吹掉。小满时分，人生中对待同样节气的孩子们，特别是年轻的姑娘们，要格外仔细才是，切忌大风来袭。

有一段时间，也就是我们年轻的时代，讲究的是年轻人要到大风大雨中去锻炼，所谓经风雨，见世面。那时候，高尔基的一篇《海燕》格外风靡，号召年轻人像海燕一样，让暴风雨来得更猛烈些吧！自然，这一切都是那个过去时代的口号。人生和节气一样，不是口号，而是客观的过程，要有个自然的成长和自然的验证。小满时，哪里经得住大风甚至暴风雨的洗礼呢？诚如民谣里说的那样："小满大风，树头要空。"那时候，我在北大荒，有一个天津知青，年龄太小，睡凉炕落下了毛病，晚上憋不住总要尿炕，白天干活憋不住总要尿裤子，便最希望干活时下大雨，尿湿的裤子和雨水融为一体，免去被别人看见的尴尬。我和我们那一代人的青春是两手空空，就像林子里的过火木一样，徒留下历史大风掠过之后千疮百孔的痕迹斑斑。

在北大荒，这个节气正是放蜂人来到林子和荒原里安营扎寨的时候。这时候，林中各种树木之花和草地上的达紫香等野花相继盛开了。有民谣说："小满时候置蜂箱，放蜂酿蜜好风光。"北大荒的椴树蜜和野花蜜，一直都很有名。大自然懂得，小满是蜜蜂采花酿蜜的好时候。我们人更应该懂得，这样的节气里，是年轻人花朵般开放的初恋好时候，少挑刺多栽花，少刮风多酿蜜，才是正庄的事由。

2015年5月10日写于北京雨中

# 自行车咏叹调

自行车是外国人的发明，却绝对是中国人的专用。在中国普及率如此之高的，除了筷子，大概就得数自行车了。走在中国的任何地方，无论是多大的城市，还是多偏僻的乡村，哪怕只是一条羊肠小道，都看得见自行车。如果赶上北京或上海这样大城市的上下班的高峰期，大街上自行车车轮滚滚所汇成的汹涌洪流，赛得过钱塘江涨涌起的一浪高过一浪的潮水，是极富有中国特色的一大壮观景象，在世界其他地方难得见到。

即使车轮不滚动，那么多的自行车安静地放在一旁，黑压压一片，也很壮观。那些由圆和线组成的图案，像画家蒙德里安用几何图形所画成的画面，在不动声色中吐露着威严，显示着富有中国特色的美学。

　　小孩子稍稍大了一点，要学的第一件事情就是骑自行车。对于孩子，自行车不是玩具，孩子的小腿还够不着脚镫子，大人就开始让孩子学骑自行车了。大人在车前扶着车把，或在后面扶着车座，一边使劲地呼喊着，让孩子眼睛往前看，一边使劲地跟着车跑，再怎样辛苦，也要帮助孩子从小学会骑自行车。学骑自行车几乎是所有中国孩子逃脱不了的人生一课。道理很简单，自行车将要开始伴随他们终身，从他们上学到工作，甚至到终老。有的老人就是死在用自行车推往医院的路上，有的老人就是从自行车上跌下来，在闭上了眼睛的那一瞬间，还看见自己的自行车轮子在身边不停地转。

　　有一段时间，自行车、手表和收音机，是人们向往的"三大件"，自行车点名要"飞鸽""永久""凤凰"牌的，就像现在人们买汽车要"本田""别克"或"奥迪"的劲头一样。结婚的时候，自行车往往是娘家的陪嫁，扎上了大红绸，气派地摆在醒目的地方。自行车便和现在的汽车一样，成为全家最珍贵的物件，和家庭琐碎的日子关系最为密切，充满辛酸，也充满温馨。成了家之后，往往会在自行车前面加一个车筐，下班后到菜市场买菜买鱼买肉，都要靠它驮回家。有了孩子之后，往往要在自行车后面加一个小座儿，或在车大梁上安放一个靠背椅，为的是把孩子从幼儿园接回家；即使孩子上了小学，自行车依然是大家接送孩子最便捷的交通工具。丈夫骑着自行车，前面带着孩子，后面驮着老婆，永远是清晨出门时或黄昏归家时最动人的画面，自行车就如同一只大鸟，用有力的翅膀载着一家人早出晚归，品味着人生百味，游走在生活的角角落落。

那时候，房子越盖越挤的院子不止一处，两墙之间的夹缝窄得犹如韭菜茎，只能容一个人推一辆自行车勉强过去。我常常会看到下班的人推着自行车艰难地挤过夹缝的情景，车后座上往往驮着孩子，车把前的车筐里放着下班路上随手买来的一束湛青汪绿的青菜。这样的一幅幅归家图，融化在各家小蜂窝煤炉渐渐冒出的袅袅炊烟里，那一抹绿色，像是奔波了一天的自行车车身上冒出的缕缕的汗气，更是从自行车身上摇曳出来的精神气，有了它，再疲惫的一家人和自行车，都显得有了生气。

都说人与人之间相濡以沫，其实，自行车和人之间也是相濡以沫的，相互慰藉，彼此走过了人生。真的，还有什么别的物件赶得上自行车对普通人日复一日持之以恒地扶助的吗？人们对自行车的感情，就像古代壮士对于自己心爱的坐骑一样。不兴养宠物的时候，自行车就是大家的宠物，要给它拾掇得干干净净、利利索索，它才能够像追风马一样，为你风入四蹄轻，轻快地四九城地驰骋。我们大院里，有一位年轻的单身工程师，下班后，首先要干的两件事，一是脱掉上衣为自己洗身，一是把自行车翻个个儿，为车洗身。他把一身健壮的肌肉洗得油光水滑，把一辆自行车擦得锃光瓦亮，然后，他和自行车相看两不厌，像一对马上要登台演出的角儿，有精彩的对手戏等着呢。那时候，他家的窗帘永远不会拉上，他好像就是有意要让全院人看看他的肌肉和他的爱车，他觉得自己这一身腱子肉和永远崭新的自行车是绝配，就像英雄配美人，宝马配雕鞍，葡萄美酒配夜光杯。

　　如今，私家车越来越多，在马路上，自行车被挤得只能黄花鱼溜边儿，还得不停地听汽车的喇叭声和司机的训斥，属于自行车的地盘越来越小，自行车的地位也一落千丈，我们再难找回大院里年轻工程师的感觉。但是，自行车依然顽强地存在着，和私家车做着虽不分胜负却颇有些悲壮的抗衡，就像遥远时代的民谣，依然有着打动人心的力量。更何况，更多的普通人依靠的是自行车，低碳生活更需要自行车，自行车就像传统节日里的鞭炮，缺少了它的声音，还叫火爆的日子吗？

　　如今，常会在黄昏的街头看见半大小伙子在玩车，是中学生，他们以马路牙子为障碍，让自行车的前轱辘翘起，旱地拔葱似的拔到马路牙子上面，再拔出萝卜带出泥似的把后车轱辘连带拔上来，往返循环，乐此不疲。自行车白天用来上学，笔管条直，像是他们自己见到老师时那一副乖仔的模样；到了黄昏就变了脸，自行车一下子活跃起来，成了他们锻炼身体的工具、消遣时光的玩具，也成了他们发挥想象创造想象的平台。一身几用，恨不得把压抑了一白天的心气都释放出来。他们是不到天黑不会收车回家的，当然，他们在这里会赢得围观者尤其是女孩子的阵阵喝彩，但他们臭汗淋淋地回家后，是少不了挨家长的臭骂的。

在城里，除了丢车（几乎没有人没丢过自行车），最怕的是骑车回到家找不到放车的地方。楼外面如今被越来越多的私家汽车气宇轩昂神气十足地占领着，楼道里已经被捷足先登的自行车挤得横七竖八，走道连个下脚的地方都没有了。实在不行，只好把车顺在楼梯上，四仰八叉地和楼梯扶手绑在一起。也有把车吊在房顶上的，像是吊腊肉似的，看得人眼晕。

如果你仅仅把自行车当作交通工具，可就错了。在中国，自行车的用途大了去啦。无论是在城里还是在乡下，自行车首先是家庭最常用运输工具。在城里，小到买个米买个面，大到买个椅子买个电视机，一直到换个煤气罐，什么地方都用得着自行车的。自行车就像个任劳任怨的仆人，无论什么活儿都会伸出自己的肩膀头来。

在乡下，用自行车的地方比用老牛的地方还要多。运菜运粮运筐运一切要拿到城里去卖的东西，都用得着自行车，自行车比骡马要好使唤，而且要不惜力气得多。好不容易进一次城，车前车后要装得满满的。光装那些东西，就是艺术，就跟编鸟笼或盖房子一样，不用一钉一锤，却装得严严密密，结结实实，得要一双巧手和一颗妙心。我见过这样一幅摄影作品：自行车运草帽，从前面看，草帽成了鸟一样呼扇扇的羽翼，从后看，草帽成了一座会移动的小山，骑车人只露出头顶的草帽，和山一样的草帽连成一体，童话似的长出脚来，在动在跑在飞。

在城里，骑车带人的，和打车的人几乎一样多。这是因为骑车带人上下方便，到哪儿去也方便，自行车就是自家的"的士"，而且，也比打车省钱。更重要的一点，是情人坐在身后，搂着骑车人的后腰，奔驰在大街小巷，有打车无法体会的味道，彼此的心跳都听得清清爽爽，身上的香水味儿和汗味儿混合在一起，呛鼻子却无比好闻。自行车让他们成了连体人，在大街上众目睽睽之下敞亮地展示着他们爱情的雕塑。

有一次，我见到一对年轻人骑着一辆自行车，是个有风天,又是顶风,男的在前面骑,弓身若虾,女的身穿旗袍,足蹬凉鞋,十个脚趾涂抹着蔻丹,鲜艳地亮在外面,香艳四溢。女的偏偏跷着二郎腿,双手扶也不扶那男的,自行车画着曲线,穿梭在车水马龙之间,游龙戏凤一般,潇洒得劲头十足,惹得众人侧目相看,好不得意。一看就知道若不是多日的配合,哪能如此艺高人胆大,默契得你呼我应,融为一体。

大多数的大人骑车带人还是为了带孩子,为了接送孩子到小学和幼儿园。所以在中国的任何一座城市里,都可以看到许多这样骑车带孩子的大人,风雨无阻。不过,骑车带孩子的法子不尽相同。在南方,大人是把孩子绑在自己的后背上,孩子竖立在身后,成了大人的守护神;在北方,则是让孩子坐在前面的横梁上,大人用胸膛保护着孩子。竖着或横着的孩子,常常歪着小脑袋睡着了,而大人却全然不知,依然骑着车奋然前行,便常常有过路的行人冲着大人高喊:"留神呀,孩子可睡着了!"

记得三十二年前,我刚刚考入中央戏剧学院,一天出门上学,骑车带着一个同学,刚拐出胡同,便和迎面而来的一位警察叔叔"狭路相逢"。因为那时候北京不允许骑车带人,警察叔叔把我们拦了下来,要罚款,严厉地问我们:"你们是哪儿的呀?"我赶紧回答:"我们是戏剧学院的学生。"这位警察叔叔把戏剧学院听成戏曲学院了,就问:"哦,学哪派的呀?"我一听,满拧,忙说:"我们,没派……"他又听岔了,脸色却明显地好了起来,说道:"梅派呀?梅派,梅兰芳,好……"没罚款,放了我们一马,敢情这位警察叔叔是个戏迷。

　　对于自行车,我从心底里充满感情。很难设想有一天没有了自行车的北京城会是什么样子,会不会和没有了四合院全都是高楼大厦一样,让人无法想象,无法辨别,无法找到回自己家的路?自行车不仅是北京而且是全国的一种带有中国特色的生活乃至文化的符号,它几乎和我们每个人的生命休戚相关,和我们国家的发展密切相连。非常遗憾的是,这样一种从抽象上说是醒目非常的符号,从具象上说是个性十足的物件,只是没有见到有什么艺术专门去为它描摹,为它张目,为它张扬。除了看过一部电影《十七岁的单车》,我没有听到过一首歌曲是专门唱它的,没有看到过一幅画是专门画它的,也没有一部小说,就像意大利的作家皮蓝德娄那样充满情感地专门用他故乡的"西西里柠檬"为他的小说命名。我们对它有些熟视无睹。越是熟悉的,越是亲近的,越是须臾不可或缺的,越是与我们相濡以沫的,越是陪伴我们走过艰辛岁月的,我们往往越容易熟视无睹。

记得路德维希在他的《尼罗河传》里说:"朝代来了,使用了它,又过去了,但是,它,尼罗河——那土地之父却留了下来。"自行车,也曾经在时代的更迭中、在时代的变迁中被我们使用,它是我们的生活之子,应该留下来,留下来作为我们青春与岁月,成长和发展的见证。我们也应该为它作传。

2010年2月18日大年初五改毕于北京

# 小溪巴赫

我一直想写一写巴赫,许多次拿起笔,又放下了。科学家爱因斯坦曾经说过:"对于巴赫,只有聆听、演奏、热爱、尊敬,并且不说一句话。"像我,当然要三缄其口了。

巴赫确实太伟大了,太浩瀚了。他的音乐影响了三百年来人们的艺术世界,也影响了人们的精神世界,无以言说,难以描述。我确实不知道该怎么来写巴赫。但我又实在想写巴赫。

这一次,鼓励自己说:试一试吧!看看你能不能走进他?

鼓励我写下去的原因,是我偶然间看到一个资料,其实这资料早已经不新鲜了,只是我的外语太差,德语更是一窍不通，一直不知道巴赫（Bach）德文的意思是指小小溪水，涓涓细流却永不停止。似乎这个德文的原意一下子解读了巴赫的一切，我豁然开朗。

　　说来很惭愧，因为见识的浅陋和闭塞，我听到的巴赫的第一支乐曲是《勃兰登堡协奏曲》，还只是其中的片段。那是十多年前的事情，因为这里面有经威廉密改编而异常动听的《G弦上的咏叹调》。但这支著名的乐曲，当时勃兰登堡对它根本不屑一顾，没让他的乐队演奏，而是将这支乐曲曲谱的手稿混在其他曲谱中一起卖掉，一共才卖了三十六先令。可以说，如果没有1802年德国音乐学家福尔克出版了世界上第一部巴赫的传记，没有1829年门德尔松重新挖掘并亲自演出巴赫的《马太受难曲》，恐怕巴赫的音乐到现在为止还只值三十六先令。

　　但这样说并不准确，如果没有福尔克、门德尔松，还会有别人将巴赫音乐的真实价值挖掘出来，告诉世人的。真正有价值的音乐，即使看来再弱小，只是潺潺的溪流，也是埋没不了的，而且不会因时间久远而苍老，相反却能常青常绿。这确实是音乐独具的魅力，它同出土文物不一样，出土文物只能观看、追寻、钩稽、对比，它却能站立起来，用自己的声音塑造起形象来，抖搂岁月覆盖在身上的一切仆仆风尘，让人们刮目相看。时间只会为它增值，

203

就像陈年老酒一样，时间和醇厚的味道融为一生，互成正比。

这就是小溪的意义吧？我们总爱说意义，有时意义是挺重要和必要的，意义代表着价值。

小溪，涓涓细流，就那样流着，流着，流淌了三百年，还在流着，这条小溪的生命力该有多么旺盛。在我们没有发现它的时候，其实它就是这样永不停止地流着，只不过那时被树荫掩映，被杂草覆盖，或在那高高的山顶，我们暂时看不见它罢了。

大河可能会有一时的澎湃，浪涛卷起千堆雪。但大河也会有一时的冰封、断流，乃至干涸。小溪不会，小溪永远只是清清浅浅地流着，永远不会因为季节和外界的原因而冰封、断流、干涸。我们看不见它，并不是它不存在，而是因为我们眼睛的问题：近视、远视、弱视、色盲、白内障……或只是俯视浪涛汹涌的大河，或只愿意眺望飞流直下三千尺的瀑布，而根本没有注意到小溪的存在罢了。而小溪就在我们的身旁，很可能就在我们的脚下。它穿过碎石、草丛，隐没在丛林、山间，行走在无人能达到，连鸟都飞不到的地方。

在险峻的悬崖上，它照样流淌；在偏僻的角落里，它照样流淌；在阳光月光的照耀下，它照样流淌；在风霜雨雪的袭击下，它照样流淌……小溪的水流量不会肆意狂放、激情万丈得让人震撼，但它给人的感动是持久的，不会一曝十寒，不会繁枝容易纷纷落，不会无边落木萧萧下，而总是一如既往地水珠细小却清静地往前流淌着。它拥有这巴洛克特有的稳定、匀称、安详、恬静、圣洁和旷日持久的美。它的美不在于体积而在于它渗透进永恒的心灵和岁月里，就像刻进树木内心的年轮里。它不是一杯烈酒，让你吞下去立刻就烟花般怒放，烈火般燃烧；它只是你的眼泪，在你最需要的时候，珍珠项链般地挂在你的脖颈上，或悄悄地湿润着你的心房。

这才是小溪的性格和品格。

这才是巴赫的性格和品格。

有人说巴赫伟大，称巴赫为"音乐之父"，说在巴赫以后出现的伟大音乐家中，几乎没有一个没受过他的滋养。贝多芬、舒曼、里姆斯基-科萨科夫、雷格尔、勋伯格、肖斯塔科维奇……无数后代音乐家对巴赫敬仰和崇拜，甚至专门创作出有关巴赫的主题音乐，或用只有音乐语言才有的特殊方式（按照音乐乐理体系，巴赫的德文拼音BACH在乐谱中对应的B是7，A是6，C是1，H是7，将这四个音符连缀起来就是巴赫名字的音乐专称），音乐家们用这种他们心心相通的语汇，以他们所钟情乐器的鸣奏，向巴赫呼唤，表示着对巴赫的敬意。

伟大不见得都是巍巍乎，昂昂乎，如庙堂之器哉。伟大可以是高山，是江河，但伟大也可以是溪水。巴赫就是这样清澈的小溪水，当世事沧桑，春秋代序，高山夷为平地，江河顿失滔滔，大河更改河道，小溪却一如既往，依然涓涓在流，清清在流，静静在流。

这就够了，这就是小溪的伟大之处。

听巴赫的音乐，你的眼前永远流淌着这样静谧安详、清澈见底的小溪水。

在宁静如水的夜晚，巴赫的音乐（那些弥撒曲和管风琴曲），就像孔雀石一样蓝色夜空下的尖顶教堂正沐浴着皎洁的月光，教堂旁不远的地方流淌着这样的小溪水，九曲回肠，长袖舒卷，蜿蜒地流着，流向夜的深处，溪水上面跳跃着教堂寂静而瘦长的影子，跳跃着月光银色的光点……

在阳光灿烂的日子里，巴赫的音乐（那些康塔塔和圣母赞歌），就像无边的原野，青草茂盛，野花芬芳，暖暖的地气在氤氲地袅袅上升，一群云一样飘逸的白羊，连接着遥远的地平线。从朦朦胧胧的地平线那里，流来了这样一弯清澈的小溪，溪水上面浮光跃金，却带来亲切的问候和梦一样轻轻的呼唤……

# 亲笔信

如今便捷的"伊妹儿"(e-mail)和手机短信盛行,传统的信,早已经没什么人写了。据统计,现在邮局里只有不到百分之十是私人信函,这些信封和信瓤,不知又有多少是打印机里打印出来的。

所谓传统的信,是需要自己用笔来手写的。过去写信时常用的一句话,是"见字如面",那要看见信上亲笔写的字才是,每个人的字体都不一样,即便写的字再歪歪扭扭,也是自己写的,沾着心情和体温,像是闻到乡音一样,让收信人亲切,一望便知,而为自己独有。所以,过去古人接到书信,才有"长跪读素书,书中竟何如"那样的虔诚,才有鱼雁传书的美丽传说,才有"家书抵万金"的动人诗句。

在最近一期的《万象》中，看到前辈学者陈乐民先生的遗作《给没有收信人的信》，全部用毛笔书写，信中拳拳心意是随蝇头小楷字字化开的，和电脑键盘里机械打出的信件不可同日而语。陈先生这样的信，大概是一襟晚照，属于最后的古典了。

一个一辈子没有亲手写过一封信的人，或一辈子没有收到过一封别人亲笔写给自己的信的人，人生都是不完整的。如今电脑非常发达，点击几下键盘就可以轻松地发出一封信。最可怕的是手机短信，它是"伊妹儿"的简缩版，那里早已经储藏着无数条短信，按你所需，任你所取，就像是一副扑克牌，可以来回地洗牌，组合成不同的条目，供你在任何节日里发给任何人。据说，编纂手机短信已经成了现今的一种职业，和过去代人写书信的职业相似。不过，也不像，过去代写书信，总还带有代写者手上的一缕墨香，带有属于你自己的一份真实，手机短信却如烟花女子一样，很可能在刚刚发给你之后，又马不停蹄地发给了另外一个人，在几乎同一时刻，大家不约而同地接收到同一条一字不差的短信。有时候，真觉得科技是人类情感的杀手，用貌似最迅速的速度和最新颖的手段，扼杀人类心底最原始的也是最朴素的诉说。

我要说，还是珍惜手写的家信吧，节假日里，特别是在春节的大年夜前，起码该给自己的亲人亲手写一封平安的信、祝福的信。家书抵万金，家书抵万金呀，仅仅从电脑或手机里发出的信，还抵得上万金吗？

记得二十多年前，刘心武曾经写过一篇《到远处去发信》的小说，写的是工作了一辈子的老邮递员退休了，给别人送过那么多的信，还没有接过别人给他写来的一封信，就自己写了一封，跑到老远的地方，把信投到邮筒里，让自己这辈子也能收到一封亲笔信。

即使如契诃夫的小说《凡卡》里学徒小凡卡寄给爷爷那一封永远无法寄达的信，只在信封上写着"寄乡下爷爷收"，而没有写上收信人的地址，那也是凡卡用笔蘸着墨水一字字写成的呀！

好多年前看过英国剧作家品特的电影《传信人》，那个少年心仪并暗恋同学漂亮的姐姐，为这个比自己大好多岁的女人和她的情郎偷偷地传信，当好奇心让他忍不住拆开其中的一封信的时候，心目中的女神写给别人热辣辣的亲笔信，让这个少年惊慌和震撼的情景，逼真地道出了亲笔信的力量。

三十多年前，我突然收到母亲请邻居帮忙拍来的电报，得知父亲病逝，忙从北大荒赶回北京奔丧。一路上心里都奇怪，母亲不识字，家中只剩下她独自一人，慌乱之中怎么会找到我的地址并能够一眼认出来？回到家，看见母亲的床垫底下，压着的都是我写给家里的信。母亲不识字，但熟悉的字迹让她知道那就是我，枕在那些信上睡觉，让她心里踏实。她就是拿着床垫下的其中一封信，请邻居拍的电报。

可能正是看到了亲笔信的力量和意义所在，有人想竭力挽住已经渐行渐远的亲笔信。看最新的一期 TimeOut 杂志上介绍，有一家网站，举办了这样一个活动，叫作"陌生人，让我手写一封信给你"。活动举办方这样说："你多久没收到过信了？你多久没给人手写过信了？让我手写一封信给你，让我的心情化成字迹、装进信封、贴上邮票、扔进邮筒，让邮差交到你的手里。现在开始，留下地址，让我写一封信给你。"我不知道会有多少人给他们留下自己的地址，换取一封久违的亲笔信，因为我不知道有多少人还在乎一封亲笔信。

还是契诃夫，他写过一篇叫《统计》的短篇小说。在这篇小说里，他借用果戈理《钦差大臣》里的邮政局长希彼金的口吻，统计出这样的一个数据：邮局收寄的一百封信件里，其中五封是情书，四封是贺信，两封是稿件，七十二封则是没有什么内容的无聊的信。我对契诃夫这样讽刺夸张的统计数据心生不满。即使七十二封都是没有什么内容的信，也并非无聊。平常人的书信往来，可不都是些家长里短吗，要什么深刻而超凡脱俗的内容？更何况，都是亲笔写的信呢！

不管怎么说，还得是自己亲笔写的信才好。亲笔写的信，无论对于看的人，还是对于写的人，感觉都不一样，滋味都不一样，就像清风和电扇或空调吹来的风不一样，就像鲜花和纸花或塑料花不一样，就像肌肤之亲和隔着手套握手或戴着口罩亲吻不一样。

独下千行泪，开君万里书。亲笔信，只有亲笔信，才能让你有这样的心情，又能让你如此地动情。

2009年11月26日写于北京

# 街上连狗的目光都变了

　　如今，走在街上，你会发现，来来往往的人们的目光和以前大不一样。低头匆匆忙忙赶路的，他们的目光只停留在眼前的路上，那目光几乎是呆滞的。拇指一族打电话或发送短信的，他们的目光只停留在小小的手机上，那目光有时可以是旁若无人的，却几乎是隐晦的。也有一脸官司的，让你不敢和他那恼怒的目光相遇。也有满面狐疑的，让你看着他的目光就感到恍惚。也有不少目光散失了焦点，如同没有缰绳的马四处散逛。看风景的很少，但是，不少目光却是鬼鬼祟祟的，让你遇到他的目光，便赶紧捂住自己的腰包，加快了自己的脚步。所以，前不久，北京的公安部门劝告市民，当有人向你问路的时候，一定要和问路的陌生人保持距离，以防意外。

不管是宽阔的大街，还是偏僻而人少的小街，人们的目光越来越冷漠，越来越惶惑，越来越可疑。哪怕是最天真的孩子，遇到陌生人，即使不像惊飞的小鸟一样立刻避开他人的目光，也会警惕地紧紧地拉住父母的手。

当然，大街上也常会看到热辣辣的目光，一般是男人投射到漂亮的女人身上，或者是女人投射在帅小伙或所谓成功人士的身上，但那很多并不是真正爱情意义的目光，更多的是欲望毫无遮拦的宣泄。"含羞半敛眉"，"眼媚双波溜"，是千载难逢，很难一遇了。彼此可以"金似衣裳玉似身"，却难是"眼如秋水鬓如云"了。

夜晚，由于城市的污染和高楼的林立，已经很难看到瓦蓝色的夜空和夜空中的星星了。"天阶夜色凉如水，卧看牵牛织女星"，那种和夜色一样清澈的目光，也很难看到了。灿烂的霓虹灯和街灯，以及一街迷离的车灯闪烁，彻底替代了夜空的银河，我们的目光可以在星相书上轻而易举地找到自己的星座，却再也看不到北斗七星倒转斗柄的奇迹了。我们的目光便如一盏酒杯，只盛下了满眼扑来的灯红酒绿。

在书中，我们的目光也变得近视，乃至猥琐，显出攫取式的贪婪。我们的目光已经很难和安徒生、格林兄弟的

213

童话相遇，也很难和莎士比亚或易卜生的戏剧相遇。如果不是为了应付考试，大概也不会和我们的唐诗宋词握手言欢；如果不是为了选秀，大概也不会和《红楼梦》相见甚欢。我们的目光更多地投入到考试的辅导教材，投入到怎么学开车怎么玩股票怎么发财怎么升官怎么应对老板的书上面。我们渴望捷径渴望暴富渴望一夜成名，我们的目光便很难再相信童话会出现在眼前。莎士比亚的戏剧，都被我们改造成了《夜宴》式的欲望的淋漓尽致的展示，而《红楼梦》当然可以成为我们娱乐节目的一种，就像大观园可以成为我们尽情游玩的公园一样。

在交往中，我们的目光变得越来越矜持，越来越彬彬有礼，越来越有日本味儿和西洋范儿，却也越来越程式化、格式化，甚至透露着虚伪。就像罗大佑在歌里面唱的："朋友之间越来越有礼貌，只因为大家见面越来越少；苹果价钱卖得没以前高，或许现在味道变得不好。"

缺少了天真和真诚，连街上的狗的目光，也变得小心翼翼，格外警惕的样子了。如果它想撒尿，都要四处看看，然后跑到树下或汽车的车轮旁，翘起后腿；如果它见到你迎面走来，它会格外地害怕和警觉，悄悄地躲在主人的身后。即使是被称为"都市忧郁的诗人"的猫，那曾经拥有的忧郁的目光，也变得鬼鬼祟祟、猥猥琐琐的了。它们见到了生人，很少再如以前一样，"喵呜——"吟唱出忧郁的诗句，而是立刻跳上房檐，回眸一望，却不是百媚生，而是和我们一样隔膜、狐疑乃至警惕的目光扑闪着。

2006年10月10日写于北京

# 苹果寓言

苹果是一种古老的水果。我不知道我们中国从什么时候开始有了苹果，在我们古代诗歌里，对于果木的赞美的诗有很多，但专门吟咏苹果的，我还没有见过，也许是我的见识浅陋。我只知道，苹果在欧洲起码有几千年的漫长历史了，苹果是传说中伊甸园里的命运之树，亚当夏娃偷吃的禁果，就是苹果。古罗马的博物学家普林尼说，早在古罗马时代意大利人就培养出了二十三个不同品种的苹果，跟随着罗马帝国的西进在整个欧洲传播开来，据说现在在圣诞节，英国女士专门爱吃的一种扁平细小的苹果，就是那二十三个品种中保留下来的一种。

对于苹果的赞美，从古至今在绘画和文学作品中都可以找到许多,从丢勒和克拉纳赫的油画,到欧里庇德斯、莎士比亚,一直到泰戈尔、里尔克以及普列什文的诗句,都有描写苹果的。高尔斯华绥写过小说《苹果树》;普宁写过小说《冬苹果》;契诃夫的小说《新娘》也特意把新娘娜嘉要离家出走的情景放在家乡的苹果园中;巴乌斯托夫斯基的小说《盲厨师》中,更是要将莫扎特为临终前的盲厨师演奏的场景,放在了盲厨师眼前苹果花开的四月清晨。

这样的例子可以举出许多。为什么人们赋予苹果如此多的感情?我想大概因为苹果确实甜美好吃,苹果普及得很,到处都能够看到。苹果树从来不假装贵族,而是十分平民化,而且,苹果树一般都长得并不高大,绝不拒人千里之外,而是伸手可摘,显得那样温柔可亲。起码不像荔枝那样高贵:"一骑红尘妃子笑,无人知是荔枝来。"

没错,苹果是大众化的水果之一。在世界水果中,产量最高的,第一是香蕉,第二就是苹果。美国19世纪著名的牧师亨利·沃德·比彻尔曾经说苹果是最民主的水果:"不管是被忽视,被虐待,被放弃,它都能够自己管自己,能够硕果累累。"

比彻尔说得极对,苹果树的生命力极顽强,耐寒力超过任何水果,大概是能够生长在纬度最高地方的水果了吧。在俄罗斯,在捷克,在波兰,纬度都要比欧洲其他的国家高，我都看见过公路两旁的苹果树，迎着料峭的风，或开花，或结果。掉在路旁的苹果，当地人从来不捡，公路旁一公里左右范围内的苹果，他们不吃，因为有来往汽车的污染，苹果不新鲜。就让它们烂在那里，作为苹果树的肥料。他们常常在衣袋里或背包里带上几个苹果，递给你吃，那苹果很小，但很甜，而且他们从来不削皮，认为苹果皮的营养很丰富。见你犹豫着不吃，他们会自己先一口咬下小半个苹果，然后催促你，吃吧，洗干净的。吃苹果，对他们而言就像抽烟一样平常，不像我们有时候非要正襟危坐，拿出水果刀一圈圈来削皮，还要切成一瓣瓣的，再跷着兰花指用牙签来戳着吃，把本来很乡土很平民化的苹果搞得像进了宫廷的宫女。

在北大荒插队的时候，那里没有别的果树，只能够种苹果树，是国光品种，果子不大，有些酸，但很脆。苹果下树没多久，冬天就来了。北大荒的冬天来得早去得晚，"大烟泡儿"一刮，冷得很。因此，苹果很难过冬，当地老乡曾经把苹果储存在菜窖里，土豆都冻成了冰坨，苹果更是早就冻黑冻烂了。我们刚去的第一年，充满着好奇心和好胜心。秋天到来的时候，苹果树挂果了，菜地里的卷心菜也开始抱心了，我们想出这样一个高招儿，把苹果放在卷心菜的菜心里，等卷心菜的叶子一层层地长出来，就把苹果紧紧地包在菜心里了。收卷心菜时，我们把包着苹果的卷心菜放进菜窖里，到新年和春节的时候，打开卷心菜，一个个红红的苹果滚了出来，居然一点没有冻坏，咬一口，还是那么脆生生的。如果说在北大荒我们有什么发明创造的话，这应该算一项吧。当然，也是苹果自己的生命力旺盛，用北大荒的话说是"抗造"。可以说，它是在北大荒的冬天和我们唯一相依为命的水果了，在新年和春节的时候，它给我们带来了欢乐，并让我们想起了遥远的家。

据统计，世界每年苹果的产量有几千万吨，美国产量最高，将近占了世界总产量四分之一。美国人对苹果情有独钟，在他们的国土刚刚开发的时候，是苹果帮助他们将荒原改造成了家园。美国有名的民间英雄"苹果佬约翰尼"，就是用了四十年的生命时光将苹果树的种子撒在俄亥俄州的荒野上的。

美国向世界出口最多的苹果，是我们现在相当熟悉的蛇果。据说，这是当年在艾奥瓦州培养出的新品种，1893年参加了密苏里州、路易斯安那州的一次比赛，获得了头奖而被命名为蛇果的，蛇果英文意思是"美味"，因为那时的蛇果"甜得没有了方向"。至今在艾奥瓦州农场的苹果树林中，还能够找到当年第一次结出如此"甜得没有了方向"的那棵老苹果树，在这棵老树的旁边，有一块为它而立的

219

花岗岩的纪念碑。

如今，蛇果在我国已经快臭了街。记得20世纪90年代初，在珠海海关前的免税商店，第一次见到这种从美国进口来的蛇果，特意买了几个带回家，却全家人谁也不愿意吃：并没有想象中的那么甜，关键是太"面"，有些像我们早就淘汰了的锦红苹果。

我猜想1893年时的蛇果大概不会这样，一百多年过去了，再好的茶冲泡到现在也不会是原来的味道了。几千年以来，苹果和人类同呼吸共命运，人类改造着它的命运，也改变着它的口味，苹果树越来越像是人类驯养的狗一样，只能够唯命是从，苹果的拟人化、规模化和商业化，使得它们的爹妈越来越集中在少数的品种之中，退化是必然的。苹果树，就像一头耕地的牲口一样，被我们使得太狠了，它们原来的野性已经失去了许多，它们的创造性就越来越差。

美国生物学家迈克尔·波伦在他的《植物的欲望》一书的《苹果》一章里，特意列举了这样一个事实：苏联的生物学家、列宁农业科学院院长尼古拉·瓦维洛夫早在1922年就发现了哈萨克斯坦阿拉木图一带的野生苹果树林。为了研究苹果的遗产基因多样性，他要求保护这片在世界范围内少见的野生苹果树林，却成为斯大林时代对遗传学大批判的牺牲品，先是被关进监狱，后被折磨，死在集中营。为了苹果，还有比他付出更惨重代价的人吗？

波伦接着说：1989年，瓦维洛夫的学生，如今已八十岁高龄的生物学家艾玛卡·迪杰高里夫邀请一批科学家到阿拉木图那片野生苹果树林去看，希望他们能够帮助自己挽救野生苹果树林，"因为一股房地产开发的热潮正从阿拉木图向周边的丘陵地带扩散开来"。

我们怎么还可能吃到那种"甜得没有了方向"的苹果？我们就是这样破坏着和我们人类几千年以来相依为命的苹果，而且，不仅是苹果。所以，苹果的历史就是我们自己的一部历史，苹果自身就是一则现代寓言。

2003年8月19日

# 生命的平衡

不知道你相信不相信，无论什么样的生命，在短促或漫长的人生中都需要平衡，并且都会在最终得到平衡的。白雪公主自然有其漂亮面庞的如意，却也因后母的嫉妒而遭人追杀，有毒梳子和毒苹果等危险带来的不如意；灰姑娘自然有其悲惨的种种命运，却也有其终修成正果的美好回报。眼睛瞎了，意大利的安德烈·切波里却成为著名的盲人歌唱家；腿残疾了，爱尔兰的克里斯蒂·布朗却用唯一能够活动的左脚敲打键盘，成为著名的作家。个子高的，如姚明，自然能成就他的事业，他可以到美国的NBA去打篮球，风光无限。但个子矮的，就一定不如个子高的吗？如拿破仑，按现在的标准大概得是二级残疾了，但他的矮个子却不妨碍他成为盖世的英雄。

这就像《伊索寓言》里所讲的：高高的长颈鹿吃得着高高的树梢上的叶子，却没办法走进矮小的门；矮矮的山羊吃不着高高的树梢上的叶子，却轻而易举地走进了矮小的门。

懂得了生命中的这一点意义，我们就能充分体味到生命其实是一条流淌的河，乱石穿空，惊涛拍岸，卷起千堆雪，是生命中的一种情景；潮平两岸阔，风正一帆悬，也是生命的一种情景。一条河在流淌的过程中，不可能总是前一种风景，也不可能总是后一种风景，它要在总体流量的平衡中才会向前流淌，一直流入大江大海。因此，我们不必去顾此失彼，我们不必去刻意追求某一点。在这样生命的平衡中，让我们的心态更加从容，让我们的生活更加平和，让我们的人生更加像一幅舒展的画卷。

那年我去土耳其，遇见被称为土耳其首富的萨班哲先生。说萨班哲先生是土耳其的首富，并不虚传，并不夸张，在那里，大街上所有跑着的丰田汽车，都是他家生产的，凡是有蓝底白字"SA"字母牌子的地方，都是他家的产业，凡是有蓝底白字"SA"字母商标的东西，都是他家的产品。在土耳其，"SA"的标志触目皆是；萨班哲的名字，家喻户晓。

如此富有的人，却也有命运不济的地方：他的两个孩子，一个儿子、一个女儿，都是残疾。命运和他这样开着残酷的玩笑，他却以为这其实就是生命给予他的一种平衡，而不去怨天尤人。他的想法，和我们古人的想法很有些相似之处，"人有悲欢离合，月有阴晴圆缺，此事古难全。"想到生命这样的平衡的意义，他的心也就自然平衡了。命运在一方面给予他别人无法企及的财富，在另一方面便给予他对比如此触目惊心的惩罚。他想开了，惩罚也可以变成回报，沟通两者之间需要的就是生命的平衡力量。他将他那么多的钱，不仅仅留给他的两个孩子，还在伊斯坦布尔修建了一座残疾人的公园，公园里所有的器械都是为残疾人专门设计的，就连游乐场上的摇椅，都有让残疾人不用离开轮椅而自动上下的装置。他希望以自己能够做到的事情来平衡更多残疾人不如意的生活，从而使自己不如意的生活达到新的平衡。

那天，我们去参观以他的名字命名的萨班哲博物馆。博物馆就建在博斯普鲁斯海峡的岸边，内可以观各种名画和《古兰经》，外可以看海水蔚蓝、海鸥翩翩和博斯普鲁斯大桥的巍峨壮观，真是非常漂亮。这里原来是他的私人住宅，他捐献出来改建成了博物馆。在这座博物馆里，最有趣的是一间陈列室里，挂的全都是画有萨班哲头像的漫画。

是萨班哲先生请来土耳其的漫画家们，让他们怎么丑怎么画，越丑越好，画成了这样满满一屋子的漫画。有时候，他到这里来看一屋子包围着他的、画着他的那一幅幅丑态百出的漫画，他很开心，他在这里找到了在外面被人或鲜花或镜头簇拥着、恭维着所没有的平衡，他在这里找到了在两个残疾孩子给予他的痛苦生活中所没有的欢乐。萨班哲先生真是洞悉了世事沧桑，彻悟到了人生三昧。他实在是一个智慧的老头，懂得平衡的艺术真谛。

  我们能够拥有他这样洒脱而潇洒的心态吗？我们能够拥有他这样宠辱不惊的自我平衡的力量吗？如果我们也一样拥有，我们的人生就会和萨班哲先生一样过得充实而愉快，而不会因为一时的得意而忘乎所以，因一时的失意而绝望到底，我们便和萨班哲先生一样在世事的跌宕中历练自己，在生命的平衡中体味到人生的意义。生命平衡的力量，其实就是我们平常生活的定力，是我们琐碎人生的定海神针。

2003年3月写于伊斯坦布尔

# 年轻时去远方漂泊

寒假的时候，儿子从美国发来一封 e-mail，告诉我，利用这个假期，他要开车从他所在的北方出发到南方去，并画出了一共要穿越十一个州的路线图。刚刚出发的第三天，他从得克萨斯州的首府奥斯汀打来电话，兴奋地对我说这里有写过《最后一片叶子》的作家欧·亨利的博物馆，而在昨天经过孟菲斯城时，他参谒了摇滚歌星猫王的故居。

我羡慕他，也支持他，年轻时就应该去远方去漂泊。漂泊，会让他见识到他没有见到过的东西，让他的人生半径像水一样漫延得更宽更远。

我想起有一年初春的深夜，我独自一人在西柏林火车站等候换乘的火车。寂静的站台上只有寥落的几个候车的人，其中一个像是中国人，我走过去一问，果然是，他是来接人的。我们闲谈起来，知道了他是从天津大学毕业后到这里学电子的留学生。他说了这样的一句话，虽然已经过去了十多年，我依然记忆犹新："我刚到柏林的时候，兜里只剩下了十美元。"就是怀揣着仅有的十美元，他也敢于出来闯荡，我猜想得到他为此所付出的代价，异国他乡，举目无亲，风餐露宿，漂泊是他的命运，但也成就了他的性格。

我也想起我自己，在比儿子现在还要小的年纪，坐车北上，跑到了北大荒。自然吃了不少的苦，北大荒的"大烟炮儿"一刮，就先给了我一个下马威，天寒地冻，路远心迷，仿佛已经到了天外，漂泊的心如同断线的风筝，不知会飘落在哪里。但是，它让我见识到了那么多的痛苦与残酷的同时，也让我触摸到了那么多美好的乡情与故人，而这一切不仅谱就了我当初青春的谱线，也成了我今天难忘的回忆。

没错，年轻时心不安分，不知天高地厚，想入非非，把远方想象得那样好，才敢于外出漂泊。而漂泊不是旅游，肯定是要付出代价的，多品尝一些人生，多一些滋味，绝不是如同冬天坐在暖烘烘的星巴克里啜饮咖啡的一种味道。但是，也只有年轻时才有可能去漂泊。漂泊，需要勇气，也需要年轻的身体和想象力去收获只有在年轻时才能够拥有的收获和以后你年老时的回忆。人的一生，如果真的有什么事情叫作无怨无悔的话，在我看来，就是你的童年有游戏的欢乐，你的青春有漂泊的经历，你的老年有难忘的回忆。

一辈子总是待在舒适的温室里，再是宝鼎香浮、锦衣玉食，也会弱不禁风、消化不良的；一辈子总是离不开家的一步之遥，再是严父慈母、娇妻美妾，也会目光短浅、膝软面薄的。青春时节，更不应该将自己的心锚过早地沉入窄小而琐碎的泥沼里，沉船一样跌倒在温柔之乡，在网络的虚拟中和在甜蜜蜜的小巢中，酿造自己龙须面一样细腻而细长的日子，消耗着自己的生命，让自己未老先衰，变成了一只蜗牛，只能够在雨后的瞬间从沉重的躯壳里探出头来，望一眼灰蒙蒙的天空，便以为天空只是那样大，那样脏兮兮。

青春，就应该像是春天里的蒲公英，即使力气单薄，个头又小，还没有能力长出飞天的翅膀，借着风力也要吹向远方；哪怕是飘落在你所不知道的地方，也要去闯一闯未开垦的处女地。这样，你才会知道世界不再只是一间好看的玻璃房，你才会看见眼前不再只是一堵堵心的墙，你也才能够品味出，日子不再只是白日里没完没了的堵车、夜晚时没完没了的电视剧和家里不断升级的鸡吵鹅叫、单位里波澜不惊的明争暗斗。

　　尽人皆知的意大利探险家马可·波罗，十七岁就曾经随其父亲和叔叔远行到小亚细亚，二十一岁独自一人漂泊整个中国；美国著名的航海家库克船长，二十一岁在北海的航程中第一次实现了他野心勃勃的漂泊梦；奥地利的音乐家舒伯特，二十岁那年离开家乡，开始了他在维也纳的贫寒的艺术漂泊；我国的徐霞客，二十二岁开始了他历尽艰险的漂泊，行万里路，读万卷书……当然，我还可以举出如今的"北漂一族"——那些生活在北京农村简陋住所的人，也都是在年轻的时候就开始了他们最初的漂泊。年轻，就是漂泊的资本，是漂泊的通行证，是漂泊的护身符。而漂泊，则是年轻的梦的张扬，是年轻的心的开放，是年轻的处女作的书写。那么，哪怕那漂泊是如同舒伯特的《冬之旅》一样，茫茫一片，天地悠悠，前无来路，后无归途，铺就着未曾料到的艰辛与磨难，也是值得去尝试一下的。

　　我想起泰戈尔在《新月集》里写过的诗句："只要他肯把他的船借给我，我就给它安装一百只桨，扬起五个或六个或七个布帆来。我决不把它驾驶到愚蠢的市场上去……我将带我的朋友阿细和我做伴，我们要快快乐乐地航行于仙人世界里的七个大海和十三条河道。我将在绝早的晨光里张帆航行。中午，你正在池塘洗澡的时候，我们将在一个陌生的国王的国土上了。"那么，就把自己放逐一次吧，就借来别人的船张帆出发吧，别到愚蠢的市场去，而先去漂泊远航吧。只有年轻时去远方漂泊，才会拥有泰戈尔诗中所写的那童话般的经历和收益，那不仅是他书写在心灵中的诗句，也是你镌刻在生命里的年轮。

2004年年初写于北京

# 寂寞不是一个漂亮的标签

梭罗曾说:"寂寞有助于健康。"但是,现代人最难忍受的恐怕就是寂寞了。

梭罗还曾经用诗一样的语言说:"我并不比一朵毛蕊花或牧场上的一朵蒲公英寂寞,我不比一张豆叶、一枝酢浆草,或一只马蜂更寂寞。我不比密尔溪,或一只风信鸡,或北极星,或南风更寂寞,我不比四月的雨或正月的融雪,或新屋中的第一只蜘蛛更寂寞。"

是的,我们不比它们寂寞,但我们却显得比所有的一切都要难以忍受寂寞。即使我们把自己关进房子里,足不出户,电视和互联网乃至手机短信息,早已经联系了外面的大千世界。现代生活的躁动会无孔不入,一点点信息就可以把我们打得人仰马翻，一只小虫子就可以把我们的心叮咬得千疮百孔，我们时时都如同热锅上的炒豆儿，总是急火攻心一般情不自禁地蹦跶，还以为自己是在得意地跳芭蕾。

即使我们盖了越来越多的所谓亲水住宅或田园别墅，即使我们住了进去，周围却只是仿制的人造景观而已，我们离那种田园生活依然太遥远，离大自然就更遥远，"暧暧远人村，依依墟里烟"，还只是梦里的幻景而已。现代生活创造出现代化的同时，创造出来的种种诱惑，更是寂寞无可抵挡的。面对这些诱惑，寂寞只是太古老的稻草人，在风中起舞，徒留下好看的样子，吓得走麻雀，却吓不走飘过来又飘过去的云彩和热辣辣的阳光。

诱惑激发起来的，首先是欲望，欲望首先是对钱、性和官位的占有。钱是欲望的物化，性是欲望的深入，官位是欲望的花边。人世间庸庸碌碌，其实说穿了，不过都是为了这三者忙。为了永远挣不够的钱，不得不狗一样到处奔波而扬起嗅觉灵敏的鼻子去钻营甚至昧着良心去欺骗；为了过去压抑而现在膨胀的性，黄盘和妓女才蔓延得止都止不住地泛滥成灾，笑贫不笑娼，成了新的"道德准则"；为了升官，更是不择手段，上穷碧落下黄泉，什么下三烂的招数都使得出来。退一万步讲，即使卖官鬻爵不行，骗钱揽钱不灵，忽然豁然开朗一般地想明白了，"捐尽浮名方自喜，一生枉是伴人忙"，开始要为自己了，便想：最属于个体化的性总是可行的吧？于是，道德的失衡，围栏坍塌，狼已经肆无忌惮地跑进来叼走我们的羊，谁还能像新媳妇守空床一般守得住一文不值的寂寞？于是，这三者撕扯在一起，铁三角一样构成牢固的战线，心不甘情不愿，无底洞般无休无止、四面出击地征伐，身心怎不疲惫？疲惫至极的人们，现在依赖的是各种补药乃至"伟哥"，谁曾想到寂寞？就是想到了寂寞，寂寞解救得了吗？寂寞只是一张薄薄的渔网，怎打捞得上来泰坦尼克号如此庞大的沉船？

寂寞只好寂寞地待在一边。在资讯快速运转的焦虑时代，寂寞只是一个落寞的隐士。

寂寞其实是一种心境，所谓"心静自然凉"，"心远地自偏"，就是这个意思。心境是由精神所营造的，就像鸟巢是由草搭起来的，海滩是由沙冲积而成的，云是由水汽凝结而成的，并不是什么精神都能够营造出寂寞的心境的。寂寞不是保守，不是退隐，不是防空洞，不是与世隔绝，不是无所事事，不是中国士大夫独有的酸腐诗文。寂寞是放松，是轻松，是安贫乐道、神清气爽的升华，是脱离复杂而廉价的人际关系的沉思，是心与心默契而惬意的对话，是走出地平线之外的远游。

因此，寂寞天然是和大自然联系在一起的。脱离开大自然的熏陶和培植，寂寞只是赝品。

梭罗之所以敢说寂寞，是因为他有他的大自然，瓦尔登湖是他寂寞的栖息地。我们很多人也趋之若鹜地奔向大自然，可是，哪怕买到临水靠山的房子，却买不到寂寞，说是回归自然，却只是自己镶嵌在乡间的一个漂亮的标签。即使我们跑到了瓦尔登湖，却只是观光时的浮光掠影，带回来许多张漂亮的照片和一本梭罗的旧书，寂寞却依然远远地沉在湖底，瓦尔登湖只属于梭罗。

2001年春写于北京

## 名家散文

鲁迅：直面惨淡的人生　　　　　　　萧红：我的血液里没有屈服

胡适：把自己铸造成器　　　　　　　季羡林：微苦中实有甜美在

许地山：爱我于离别之后　　　　　　何其芳：紧握着每一个新鲜的早晨

叶圣陶：藕与莼菜　　　　　　　　　孙犁：人生最好萍水相逢

茅盾：斗争的生活使你干练　　　　　琦君：粽子里的乡愁

郁达夫：夜行者的哀歌　　　　　　　苏青：我茫然剩留在寂寞大地上

徐志摩：我有的只是爱　　　　　　　林海音：唯有寂寞才自由

庐隐：我追寻完整的生命　　　　　　汪曾祺：如云如水，水流云在

丰子恺：我情愿做老儿童　　　　　　陆文夫：吃也是一种艺术

朱自清：热闹是它们的，我什么也没有　宗璞：云在青天

老舍：有朋友的地方就是好地方　　　余光中：前尘隔海，古屋不再

冰心：繁星闪烁着　　　　　　　　　王蒙：生活万岁，青春万岁

废名：想象的雨不湿人　　　　　　　张晓风：年年岁岁岁岁年年

沈从文：每一只船总要有个码头　　　冯骥才：生活就是创造每一天

梁实秋：烟火百味过生活　　　　　　肖复兴：聪明是一张漂亮的糖纸

林徽因：你是人间的四月天　　　　　梁晓声：过小百姓的生活

巴金：灯光是不会灭的　　　　　　　赵丽宏：闪烁在旷野里的微光

戴望舒：我的心神是在更远的地方　　王旭烽：等花落下来

梁遇春：吻着人生的火　　　　　　　叶兆言：万事翻覆如浮云

张中行：临渊而不羡鱼　　　　　　　鲍尔吉·原野：为世上的美准备足够的眼泪